Adolf Rosenberg

**Leonardo da Vinci**

Adolf Rosenberg

**Leonardo da Vinci**

ISBN/EAN: 9783741172939

Hergestellt in Europa, USA, Kanada, Australien, Japan

Cover: Foto ©Raphael Reischuk / pixelio.de

Manufactured and distributed by brebook publishing software
(www.brebook.com)

Adolf Rosenberg

**Leonardo da Vinci**

# Leonardo da Vinci

Von

## Adolf Rosenberg

---

Mit 128 Abbildungen nach Gemälden und Zeichnungen

Bielefeld und Leipzig

Verlag von Velhagen & Klasing

1898

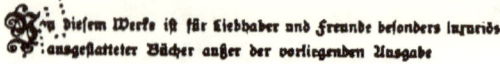Von diesem Werke ist für Liebhaber und Freunde besonders luxuriös ausgestatteter Bücher außer der vorliegenden Ausgabe

## eine numerierte Ausgabe

veranstaltet, von der nur 100 Exemplare auf Extra-Kunstdruckpapier hergestellt sind. Jedes Exemplar ist in der Presse sorgfältig numeriert (von 1 — 100) und in einen reichen Ganzlederband gebunden. Der Preis eines solchen Exemplars beträgt 20 M. Ein Nachdruck dieser Ausgabe, auf welche jede Buchhandlung Bestellungen annimmt, wird nicht veranstaltet.

**Die Verlagshandlung.**

Druck von Fischer & Wittig in Leipzig.

Leonardo da Vinci.
Gemälde in den Uffizien zu Florenz.
(Nach einer Originalphotographie von Braun, Clément & Cie. in Dornach i. E. und Paris.)

Abb. 13. Gewandstudie zu einer sitzenden Frau.
In der Albertina zu Wien.
(Nach einer Originalphotographie von Braun, Clément & Cie. in Dornach i. E. und Paris.)

**Abb. 14. Bildnis einer jungen Frau. In der Galerie des Fürsten Liechtenstein zu Wien.**
(Nach einer Originalphotographie von Franz Hanfstängl in München.)

sagt Vasari selbst am Ende seiner Aufzählung von Leonardos zahlreichen technischen Fertigkeiten, wobei er übrigens Späteres mit Früherem zu mischen scheint, daß seine eigentliche Profession die Malerei und seine plastischen Arbeiten nur Mittel zum Zweck, Vorarbeiten für seine Zeichnungen und Malereien waren.

Während die neuere Forschung versucht hat, uns den Verlust von Leonardos plastischen Arbeiten weniger schmerzlich zu machen, hat sie uns auf der anderen eine Illusion geraubt. Vasari erzählt, daß sich Leonardo in seinen Knabenjahren, ehe er noch zu Verrocchio gekommen war, mit vielen Dingen beschäftigt, sie aber bald wieder, nachdem er sie begonnen, fallen ge-

lassen habe. So widmete er sich auch der Musik und schließlich entschied er sich für das Lautenspiel, „und da er von Natur einen erhabenen und doch anmutsvollen Geist besaß, improvisierte er zum Lautenspiel göttliche Gesänge." Von diesen Liedern glaubte Lomazzo eines zu besitzen, und er hat es uns in seinem Traktate mitgeteilt. Nach seinem Gedankengehalt ist das Sonett eines tiefen, grübelnden Geistes wie Leonardos auch nicht unwürdig, weshalb wir es hier folgen lassen:

Kannst, wie du willst nicht, wie du kannst, so
wolle,
Wie Wollen thöricht ist, wo fehlt das Können:
Demnach verständig ist nur der zu nennen,
Der, wo er nicht kann, auch nicht sagt, er wolle.

# Leonardo da Vinci.

Wenn wir uns das körperliche Bild des alle Kunstgebiete beherrschenden Meisters der italienischen Renaissance, in dem wir die edelste Verbindung der bildenden Kunst mit der Wissenschaft des denkenden und forschenden Geistes bewundern, nach den auf uns gekommenen Denkmälern vergegenwärtigen wollen, sind wir im Grunde genommen auf einen Typus angewiesen: den eines ernsten, aus tief liegenden Augen scharf in die Weite blickenden Geistes mit hoher, kahler Stirn, lang auf die Schulter herabwallendem Haupthaar und einem leicht gewellten Bart, der die halbe Brust bedeckt. So hat sich Leonardo in hohem Alter selbst in einer Rötelzeichnung (jetzt in der Königl. Bibliothek in Turin, Abb. 1) porträtiert, und aus diesem Selbstbildnis, das schon mehr ein Selbstbekenntnis, das Spiegelbild eines Lebens voll von Entsagungen, Enttäuschungen, unbefriedigten Hoffnungen und Wünschen und doch wieder einer bis zum letzten Atemzuge ungeschwächten Forscherlust ist, sind alle übrigen entsprossen. Auch das schwärmerische Bildnis in der berühmten Porträtgalerie der Uffizien in Florenz, das dort als ein Selbstbildnis des Meisters gilt, aber nichts als der Versuch eines begeisterten Verehrers Leonardos ist, eine Lücke in jener Galerie auszufüllen (s. das Titelbild). Trotzdem hat dieses Bild einen gewissen Wert. Sein Urheber hat versucht, aus der Zeichnung des Greises ein Bildnis des Mannes in der Kraft seiner besten Jahre zu entwickeln, indem er sich nur den dem Jahresunterschied entsprechenden Verjüngungsprozeß erlaubte, und er hat denn auch die Genugtuung gehabt, daß sein Bildnis Leonardos in die Vorstellung der späteren Geschlechter übergegangen ist. Nach ihm hat auch Pietro Magni seine Statue Leonardos auf dem Scalaplatze in Mailand geformt, und wirklich ist kein anderes Bildnis so sehr geeignet, uns den italienischen „Doktor Faust", wie wir diesen Magier der Kunst, der physikalischen, mathematischen und mechanischen Wissenschaften wohl nennen dürfen, zu vergegenwärtigen. So stellen wir uns den Mann vor, der zuerst einem Lorenzo von Medici wegen seiner unproduktiven, rastlosen Vielseitigkeit unbequem, später einem Lodovico Sforza wegen derselben Eigenschaften unentbehrlich wurde und dann nach vielen Irrfahrten, immer in Faustischen Trieben nach dem Unerreichbaren lastend, in fremder Erde seine letzte Ruhe fand.

Die Unruhe, die ihn beseelte, hat sich auch allen mitgeteilt, die den Versuch gemacht haben, seinen offenen und verborgenen Künsten und Wissenschaften nachzugehen. Und in der Gegenwart, wo sich die Kunstforschung in ihrer haarscharfen Kritik sozusagen auf der Nadelspitze bewegt, ist der Kampf um das, was unserer Zeit von Leonardo übrig geblieben ist, so heftig entbrannt, wie noch nie zuvor. Trotzdem stehen wir noch vor dem Bilde Leonardos

1*

wie vor einer steinernen Sphinx der alten Ägypter, deren starre Züge keinem Frager Antwort geben. Der Sphinx gegenüber, die den Namen Leonardo trägt, muß sich jeder Forscher auf seinen eigenen Scharf- gewachsen ist, nichts zugeschrieben werden darf, das seiner unwürdig ist. So müssen wir sogleich an der Schwelle dieses Ver- suchs einer neuen Charakteristik des Mei- sters das Profilbild in der Ambrosianischen

LE ONARDO
VINCI

sinn verlassen, dabei aber niemals vergessen, daß diesem Künstler, den uns nicht bloß die traurigen Überreste seiner Werke und seine Zeitgenossen, sondern vor allem auch seine nachgelassenen Handschriften als einen Mann schildern, der weit über das Durch- schnittsmaß der Menschen seiner Zeit hinaus- Bibliothek in Mailand (Abb. 2) als das gutgemeinte Machwerk eines Schülers oder Nachahmers ablehnen, der mit blöden Augen aus dem ersten, auch mehrfach ko- pierten Selbstbildnis in Turin mit dem dämonischen Seherblick die Züge eines bie- deren, behaglich sein Alter genießenden

Philisters herausgelesen hat. Auch fernerhin werden wir Schritt für Schritt auf die Arbeiten von Schülern, Nachahmern und Fälschern stoßen, die Schutt und Unrat auf den Namen des großen Mannes gehäuft haben, und nur mit Mühe wird es uns gelingen, bisweilen auch gar nicht, die Spuren der echten Handschrift des Meisters herauszufinden, gleichwie der Schriftkundige bei der Entzifferung eines alten Palimpsestes zuletzt auf eine leere oder hoffnungslos vernichtete Stelle stößt. Immerhin ist es lehrreich, durch drastische Beispiele dem Leser vor Augen zu führen, wie mächtig Leonardo seine Schüler zur Nachfolge begeistert, wie viele Nachahmer er zur Bethätigung ihres schwächlichen Könnens angereizt, und wie er Fälscher getrieben hat, ihr dunkles Gewerbe zu üben, indem sie verschollene oder verschwundene Werke Leonardos, die noch in der litterarischen Überlieferung lebten, durch eigene Machwerke zu ersetzen suchten und mit solchen Täuschungen auch viel Glück hatten. Vielleicht die schwierigste Aufgabe des Leonardo-Biographen besteht aber darin, zwischen den oft schnurstracks entgegengesetzten Meinungen der scharfsinnigsten Kunstforscher unserer Tage zu vermitteln und aus dem Streite der Meinungen wenigstens eine einigermaßen gesicherte Grundlage zu gewinnen, auf der sich bauen läßt.

\* \* \*

Leonardo ist im Jahre 1452 in dem kleinen Gebirgsdorfe Vinci bei Empoli, das sich auf einem Hügel an der Westseite des Monte Albano mit seinem Kastell und seinen weißen Häusern aus dunkelem Buschwald erhebt, geboren worden (Abb. 3). Er war, wie man heute sagen würde, „ein Kind der freien Liebe“, und die Zeitstimmung der zweiten Hälfte des XV. Jahrhunderts war der gegenwärtigen so eng verwandt, daß niemand daran Anstoß genommen zu haben scheint, daß der fünfundzwanzigjährige Notar der Signoria in Florenz Ser Piero da Vinci, der mit einer Bäuerin des Dorfes, Caterina, in stürmischer Jugendliebenschaft ein flüchtiges Liebesverhältnis angeknüpft hatte, die Frucht dieser Liebe, den jungen Leonardo, seinen Eltern, die in Vinci die Ruhe ihres Alters auf einem Landsitze genossen, zur weiteren Sorge übergab. Er selbst heiratete noch in demselben Jahre ein Mädchen aus dem

Abb. 3. Vinci bei Empoli, Leonardos Geburtsort.
Aus Müller-Walde.

Stande, dem er durch Geburt und Bildung angehörte, und Caterina heiratete ihrerseits einen Bauer, dessen Namen Accatabriga di Piero del Vacca uns die Urkunden sehr überflüssigerweise aufbewahrt haben, während wir über Caterina und ihre weiteren Schicksale nichts mehr erfahren. Leonardo

Als das erste geboren wurde, hatte Leonardo bereits die zwanzig überschritten, und da ihn die Großeltern trotz seiner illegitimen Abstammung mit zärtlichem Stolz erzogen hatten, und er auch durch den Vater in die Lage versetzt worden war, das freie Leben eines wohlhabenden Edelmannes führen zu

Abb. 4. Zwei Engel aus dem Gemälde „Die Taufe Christi" von Andrea del Verrocchio. In der Akademie zu Florenz.
(Nach einer Originalphotographie von G. Brogi in Florenz.)

liefert also keinen Beitrag zur modernen Vererbungstheorie, um so weniger, als sein Vater, von dem wir sehr vieles, aber wenig Erquickliches erfahren, nur ein mittelmäßiger Kopf war. Er hat dreimal geheiratet. Aber erst aus der zweiten oder dritten Ehe — die Urkunden sind nicht ganz klar — sind ihm Kinder entsprossen, nach und nach elf.

können, empfand er es als einen bitteren Stachel, als nach dem Tode des Vaters die legitimen Kinder gegen ihn, den unehelichen Sohn, einen erbitterten Krieg wegen der Erbschaft führten.

Die Urkundenforschung ist eine wissenschaftliche Notwendigkeit; aber sie bringt uns leider sehr oft Enthüllungen, die noch

über das schöne Wort des Dichters hinaus-
gehen:

    Tröstlich ist es, an verehrten Weisen,
    Angestaunten Helden zu entdecken
    Neben ihrem Götterglanz die Flecken,
    Die uns ihre Sterblichkeit beweisen.

Wir haben zu unserer Betrübnis erfahren, daß die Großmeister der italienischen Renaissance, deren Schöpfungen uns
zur tiefsten Andacht stimmen, zur höchsten
Begeisterung entflammen, in ihrem menschlichen Dasein nur kleine, bisweilen auch
kleinliche Wesen waren, denen der Gelderwerb so sehr am Herzen lag, daß sie oft
darüber das vergaßen, was der moderne
Mensch seine „persönliche Würde" nennt.
Man muß sich allmählich, wenn man nicht
aller Illusionen verlustig gehen will, in
diese unedle Kleinlichkeit der Lebensführung
hineingewöhnen, und das wird den Be-
suchern des modernen Italiens sehr leicht
gemacht, da die Nachkommen von ihren
Vorfahren, soweit die große Volksmasse,
nicht die kleine Gemeinde der Gebildeten
in Betracht kommt, nur die kleinlichen
Eigenschaften der Habsucht, des Eigen-
nutzes, das Streben nach schnellem Geld-
gewinn, natürlich unter dem Mantel voll-

kommener Höflichkeit, Geschmeidigkeit und
Unterwürfigkeit, geerbt zu haben scheinen.

Dieses Urteil mag vielen Verehrern
des sonnigen Italiens und seiner äußerlich
so liebenswürdigen Bewohner hart dünken;
aber man lese nur den Briefwechsel Michelangelos mit seinen Freunden und Verwandten, man versenke sich nur in seine
ewigen Streitigkeiten mit seinen Auftrag-
gebern, seinen Nebenbuhlern und seinen
habsüchtigen Anverwandten, man verfolge
nur die Ränke Tizians, wenn er eine er-
giebige Sinekure vom Rate von Venedig
oder sonst einen Vorteil erhaschen wollte,
man werfe nur einen Blick in die Selbstbiographie des gewalttätigen Cellini, der,
wenn man seinen eigenen, freilich oft von
maßloser Prahlsucht diktierten Worten glauben will, eigentlich viel weniger Künstler
als einer der größten Banditen seiner Zeit
war. Das lag aber im Temperament dieser
Männer, die auf der einen Seite ihre Zeitgenossen mit den höchsten Gaben ihres
edlen Geistes überschütteten, auf der anderen Seite die gleiche Energie in der
zähen Verteidigung materieller Vorteile
zeigten. Leonardo war keine Ausnahme.
Wir glauben aber zu seinen Gunsten an-

Abb. 5. Medusenkopf. In den Uffizien zu Florenz.
(Nach einer Originalphotographie von Braun, Clément & Cie. in Dornach i. E. und Paris.)

Abb. 6. Frauenbildnis im Palazzo Pitti in Florenz.
(Nach einer Originalphotographie von G. Brogi in Florenz.)

nehmen zu dürfen, daß ihn bei dem Prozeß mit seinen Halbbrüdern, der zwei Jahrzehnte hindurch dauerte, nur sein gekränktes Rechtsbewußtsein leitete. Jedenfalls scheint dieses nach dem langen, auf beiden Seiten mit gleicher Erbitterung geführten Streite zuletzt befriedigt worden zu sein. Denn in seinem Testamente vermachte Leonardo „seinen in Florenz wohnenden leiblichen Brüdern" eine dort seit 1513 verzinslich angelegte Summe von 400 Scudi mit den aufgelaufenen Zinsen und ein Grundstück in Fiesole. Man hat mit Recht aus dem Wortlaut dieses Testaments geschlossen, daß Leonardo von seinem Vater als rechtmäßiger Sohn adoptiert worden ist: denn sonst hätte Leonardo nicht von „leiblichen

Brüdern" reden dürfen, und er wäre vor allem nicht genötigt gewesen, ihnen in seinem Testamente eine Art Pflichtteil zuzuweisen. Auch steht es urkundlich fest, daß er im Jahre 1470 und wahrscheinlich noch bis 1480 im Hause seines Vaters lebte.

Nachdem er erst das Leben des damaligen Florenz kennen gelernt hatte, stürzte er sich mit dem Ungestüm seiner Jugend in die Kreise, in denen dieses Leben am stärksten pulsierte und seine schönsten Blüten zeitigte, in die der Künstler, zu denen ihn auch seine rastlose Wißbegier trieb. Schon als Jüngling fühlte er den Drang, das, was seine Seele bewegte, in Zeichen- und Schreibschrift auf dem Papier festzuhalten, und so bildeten sich seine reichen Gaben immer gleichmäßig aus. Der Künstler ging immer gleichen Schritt mit dem wissenschaftlichen Forscher, und darum wird es auch der späteren Forschung niemals gelingen, mit Sicherheit festzustellen, wer in Leonardo größer war: der Künstler oder der Theoretiker. Das eine ist aber sicher,

mern durch viele Jahrhunderte nachwirken werden.

Ein unruhiger Geist muß Leonardo schon als Jüngling gewesen sein. Es gab kein Gebiet des Schaffens, auf dem er sich nicht versucht hat, und doch hat er niemals etwas Fertiges zustande gebracht, trotzdem daß ihn schon nach den ersten Äußerungen

Abb. 7. Bildnis eines Jünglings. In den Uffizien zu Florenz.
(Nach einer Originalphotographie von Braun, Clément & Cie. in Dornach i. E.
und Paris.)

daß der Theoretiker dem Künstler so viel geschadet hat, daß wir zu dem Bekenntnis gezwungen sind: den Theoretiker, dessen geniale Entdeckungen durch die folgende Zeit bestätigt, gepriesen, bewundert, aber überholt worden sind, hätten wir gern preisgegeben, wenn der Künstler sich nur die Muße genommen hätte, Schöpfungen zu vollenden, die noch in ihren Träu-

seiner genialen Kraft Kirchen- und Klostervorstände, Obrigkeiten, Fürsten und vornehme Familien mit Aufträgen überhäuften, um nach Jahren fruchtlosen Wartens nichts zu erhalten. Zur Zeit, als Leonardo nach gründlicher Unterweisung in allen Wissenschaften in das Florentiner Leben trat, war die Kunst die höchste Blüte der dortigen Kultur. Unter dem Schutze der Medici er-

Abb. 8. Verkündigung Mariä. In den Uffizien zu Florenz.

(Nach einer Originalphotographie von Braun, Clément & Cie. in Dornach i. E. und Paris.)

Abb. 9. Verkündigung Mariä. Jugendwerk Leonardos. Im Louvre zu Paris.
(Nach einer Originalphotographie von Braun, Clément & Cie. in Dornach i. E. und Paris.)

lebte sie eine Zeit des Glanzes, des Ruhms und der ununterbrochenen Huldigungen, die wir für ein Märchen halten würden, wenn uns nicht die Gesänge und die prosaischen Ergüsse begeisterter Zeitgenossen, am meisten aber die Kunstdenkmäler selbst einen Abglanz dieses Lebens erhalten hätten, das trotz alledem aber dem Paradiese glich, in dem die Schlange unter dem Grase lauert. Was Leonardo eigentlich als Künstler wollte, ist ihm zur Zeit, als er in die Werkstatt des Andrea del Verrocchio eintrat, wohl noch nicht völlig klar gewesen. Meister Andrea war damals — es mochte um 1468 gewesen sein, als Leonardo sich zu ihm gesellte — ein vielbegehrter Meister. Ein Schüler Donatellos,

war er wohl in erster Linie Bildhauer, d. h. Bildner in Thon, Erz und Marmor, daneben aber auch Edelschmied, der sich auf die feinsten Arbeiten in Gold und Silber, auf gegossene und getriebene Reliefs verstand, und, wie man sagt, zuletzt auch Maler. Von seinen Gemälden ist aber nur einiges auf uns gekommen, das so beglaubigt ist, daß ein Zweifel ausgeschlossen werden muß. Die neuere Forschung hat freilich eine ganze Reihe von Bildern ausfindig gemacht, die durch einen Vergleich mit Verrocchios Bildwerken und Zeichnungen als Werke seiner Hand oder doch seiner Schule glaubhaft werden, und wir sind ebenfalls der Meinung, daß Verrocchio auch als Maler einen gewissen Ruf

Abb. 10. Gewandstudie zu einer knieenden Figur. Im Louvre zu Paris.
(Nach einer Originalphotographie von Braun, Clément & Cie. in Dornach i. E. und Paris.)

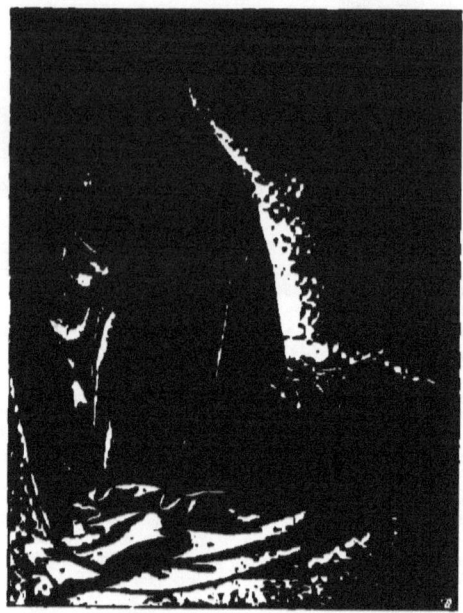

Abb. 11. Gewandstudie zu einer knieenden Figur.
Im Königl. Schlosse zu Windsor.
(Nach einer Originalphotographie von Braun, Clément & Cie. in Dornach i. E.
und Paris.)

besessen haben muß. Sonst würde Leonardo nicht zu ihm gegangen sein. Trotzdem daß Leonardo immer, wie alle Florentiner seiner Zeit, plastisch gesehen und gezeichnet hat — erst viel später trat bei ihm das malerische Sehen an die Stelle des plastischen —, ist er doch niemals als Bildhauer ernstlich und anhaltend thätig gewesen. Das Reiterdenkmal, das er später in Mailand auszuführen begann, weil er sich in einem Briefe an den Herrscher Lodovico Moro, in dem er alle seine Künste und technischen Fertigkeiten nach Kräften herausstreicht, auch dazu erboten hatte, steht in seinem Werk vereinzelt da, wenn auch Vasari, sein ältester Biograph, der ihm zugleich unter allen Biographen zeitlich am nächsten steht, in seiner Lebensbeschreibung Leonardos erzählt, daß er schon in seiner Jugend, d. h.

bevor er zu Verrocchio in die Lehre trat, nicht bloß zeichnete, sondern auch Reliefs ausführte. Nach Vasari ist Leonardo aber nicht aus eigener Wahl zu Verrocchio gekommen, sondern durch den zufälligen Umstand, daß sein Vater, Ser Piero, mit Verrocchio eng befreundet war. Als Ser Piero endlich zu der Überzeugung gekommen war, daß das künstlerische Talent seines Sohnes bedeutend genug wäre, um es weiter fördern zu lassen, nahm er eines Tages einige seiner Zeichnungen, ging damit zu Verrocchio und bat ihn dringend, ihm zu sagen, ob sich eine weitere Ausbildung seines Sohnes in Zeichnen verlohnte. Meister Andrea staunte über die Zeichnungen und bestärkte Ser Piero in seinem Entschluß. So kam Leonardo in die Werkstatt Verrocchios. Wie dann Vasari weiter erzählt, bildete er in Thon Köpfe von lächelnden Frauen und „Kinderköpfe, die aus der Hand eines Meisters hervorgegangen zu sein schienen". Auch ein zweiter Biograph Leonardos aus dem XVI. Jahrhundert, der Maler Giovanni Paolo Lomazzo (1538—1568), der wie klingen und majestätischen Ausdruckes und erwähnt auch das Relief eines Pferdes. Alle diese Werke sind gleich dem Reiterstandbilde, auf das wir noch später näher eingehen werden, verschwunden, und der von neueren Forschern gemachte Versuch, diese Lücke in unserer Kenntnis Leonardos

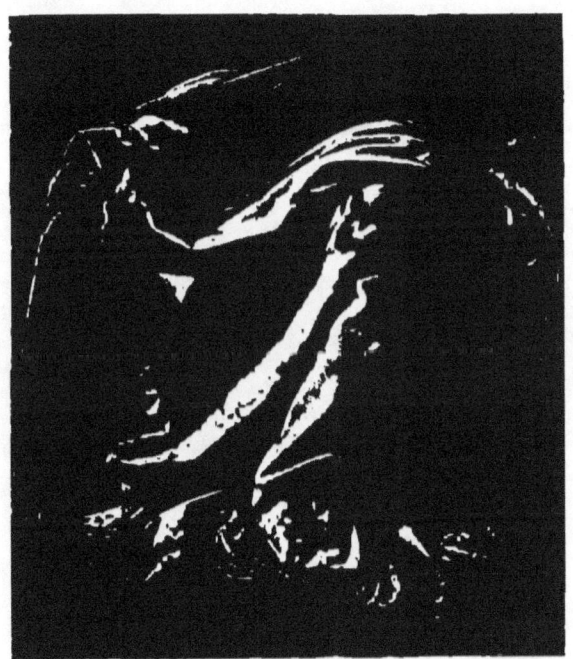

Abb. 12.  Gewandstudie zu einer sitzenden Figur.
Im Louvre zu Paris.
(Nach einer Originalphotographie von Braun, Clément & Cie. in Dornach i. E. und Paris.)

Vasari die Überlieferungen der florentinischen Künstlerkreise seinerseits die der niederländischen über Leonardo in seinem 1584 erschienenen „Traktat über die Malerei" gesammelt hat, weiß von den plastischen Arbeiten des Jünglings zu berichten. Er preist u. a. den kleinen Kopf eines Christkindes wegen seines echt kindlichen und doch durch Zuweisung eines im Kensingtonmuseum in London vorhandenen Stuckreliefs mit der allegorischen Darstellung der Zwietracht in zahlreichen Figuren an unserem Meister wenigstens etwas auszufüllen, scheint uns so schwach begründet zu sein, daß wir uns mit diesem kleinen stark verstümmelten Werke nicht weiter beschäftigen können. Übrigens

Das ist für uns das Luft- und Leidenvolle,
Zu wissen, ob, ob nicht wir wollen können;
Drum weiß nur der, der nie vermag zu trennen
Sein Wollen von dem Wissen, was er solle.

Nicht immer ist zu wollen, was wir können;
Oft däuchte süß, was sich zum bittern lehrte,
Oft meint' ich auch, besaß ich, was ich wollte.

Drum woll', o Leser, meinen Rat erkennen:
Willst du der Gute sein, der andren Werte,
Woll' immerdar nur können das Gesollte!

Dieses geistvolle Spiel mit Gedanken
und Worten ist, wie nun die neuere Forschung aus Handschriften des XV. Jahrhunderts erwiesen hat, bereits in eine Form
gebracht worden, als Leonardo noch nicht
geboren war, und als sein Verfasser wird in
den meisten Handschriften ein gewisser Antonio di Matteo di Meglio genannt, der 1446
als Herold der Signoria von Florenz starb.

Wir müssen uns also, soweit die Kunst
in Betracht kommt, bis auf zuverlässigere Entdeckungen auf Leonardo als Zeichner und Maler
beschränken, und das erste Positive, das uns Vasari von Leonardo zu sagen weiß, ist auch
seine Beteiligung an einem Werke
der Malerei. Er thut dies in
so bestimmten Worten, daß an
seiner Erzählung bisher nicht
gezweifelt worden ist. Als Verrocchio den Auftrag erhielt, für
das Kloster San Salvi eine Taufe
Christi zu malen, zog er seinen
Schüler Leonardo zur Mitarbeit
heran. Die Komposition des Gemäldes, das sich jetzt in der
Sammlung der Akademie in Florenz befindet, besteht aus vier
Figuren: im Vordergrunde einer
Landschaft, die einen Blick auf
einen an seltsamen Felsbildungen
sich vorüberschlängelnden Fluß
eröffnet, rechts Johannes der
Täufer, der unter dem Schutze
des als Taube herabschwebenden
heiligen Geistes eine Wasserschale
über dem Haupte des nur mit
einem Schurze bekleideten Täuflings ausgießt, in der Mitte
dieser mit betend erhobenen Händen in dem seichten Wasser des
Flusses und auf der linken Seite
zwei am Ufer vor einer Palme

Rosenberg, Leonardo da Vinci.

kniende Engel, von denen einer mit gleichgültigen Augen aus dem Bilde herausschaut,
während der andere, der das Gewand des
Täuflings auf seinem rechten Arme hält,
mit inniger, andachtsvoller Teilnahme, ja
mit verzücktem Blick der heiligen Handlung
folgt (Abb. 4 mit den beiden Engeln und
einem Teile der Gestalt Christi). Und für
diese Tafel, so erzählt Vasari, „arbeitete
Leonardo einen Engel, der einige Kleider
hielt; und obwohl er noch sehr jung war,
führte er ihn doch so aus, daß der Engel
Leonardos sich viel besser ausnahte als die
Figuren des Andrea. Das war der Grund,
weshalb Andrea nicht mehr die Farben anrühren wollte, weil er ärgerlich darüber
war, daß ein Kind mehr verstände als er."

Diese ganze Erzählung trägt jedoch so
sehr den Stempel einer nachträglich erfundenen Künstleranekdote, daß wir ihr keinen

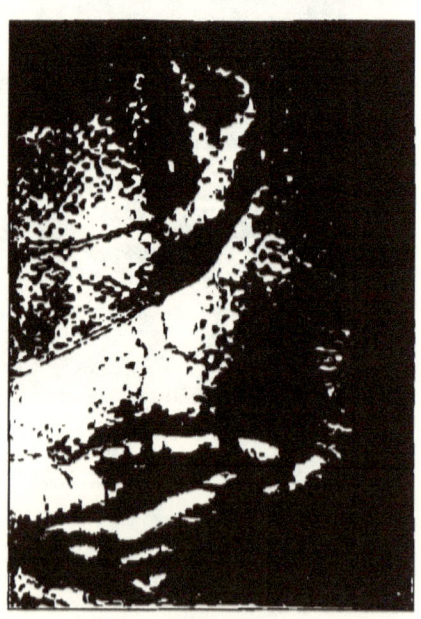

Abb. 15. Händestudie. Links oben eine Karikatur.
In den Uffizien zu Florenz.
(Nach einer Originalphotographie von Braun, Clément & Cie.
in Dornach i. E. und Paris.)

2

Glauben beimessen können. Leonardo war der Schüler und Geselle Verrocchios, und als solcher hatte er die Pflicht, in allen Arbeiten seinem Meister zu helfen, und je besser er es machte, desto willkommener mußte es dem Meister sein, dessen Name auch die Gehilfenarbeit deckte. Der Unterschied zwischen den beiden Engeln ist wohl auch erst einem späteren Geschlecht aufgefallen, als Leonardo da Vinci bereits das Urbild aller künstlerischen Vollkommenheit geworden war. Zur Zeit, wo das Gemälde in den Besitz der Mönche von San Salvi kam, ist der Unterschied gewiß niemand zum Bewußtsein gekommen. Vielleicht hat man sogar einen beabsichtigten Gegensatz darin gefunden, indem der eine Engel — gerade wie die Chorknaben in der Kirche — die Rolle des Ministranten mit gleichgültigem Stumpfsinn, der andere mit voller Hingabe an sein frommes Amt spielt.

Das Körnchen Wahrheit, das trotz alledem in der Erzählung Vasaris zu stecken scheint, vermögen wir übrigens heute nicht mehr aus dem Bilde selbst herauszuholen, weil es sich in einem — gelinde gesagt — fragwürdigen Zustande befindet. Wir bedienen uns eines vorsichtigen Ausdrucks, weil dieser Zustand des Bildes nicht nur zu einem erbitterten

Abb. 16. Der hingerichtete Baccio Bandini.
Im Besitz des Malers Bonnat in Paris.
(Nach einer Originalphotographie von Braun, Clément & Cie. in Dornach i. E. und Paris.)

reits mit Öl oder einem ähnlichen Bindemittel versetzt sind. Diese Übermalung soll nun, so behaupten die Verteidiger der Vasarischen Erzählung, von Leonardo herrühren, und einer ist sogar so weit gegangen, daß er die Palme links, die endgültige Durchführung der Landschaft u. a. m. als das eigene Werk Leonardos erklärt, der die unvollendet hinterlassene Arbeit seines Meisters erst später fertig gemacht habe. Im Gegensatz dazu behauptete der verstorbene Senator Morelli, einer der feinsten Kenner altitalienischer Malerei, daß die Erzählung Vasaris nichts als eine Sage und die Übermalung das Werk eines modernen Restaurators wäre, der das Bild, da es bereits verdorben in die Akademie kam, „mit einer gelblichen, öltgen Brühe" überzog, die später auf der rechten Seite des Bildes zum Teil wieder entfernt wurde.

Wir stehen demnach auf so unsicherem Boden, daß wir besser thun, uns nach besser beglaubigten Urkunden umzusehen. Zunächst berichtet uns Vasari von einigen Jugendwerken Leonardos, die er noch selbst gesehen hatte. Leonardo erhielt den Auftrag, einen Karton mit der Darstellung des Sündenfalls im Paradiese zu zeichnen, nach dem in Flandern ein Wandteppich für den König von Portugal gewebt werden sollte. Nach der Schilderung Vasaris, der den Karton im Palast des Ottaviano de' Medici sah, war der Karton grau in grau gemalt, und die Lichter waren in weiß aufgesetzt. Mit unendlichem Fleiß war die Landschaft durchgeführt: die Wiese mit ihren zahllosen Kräutern und einigen Tieren, die Bäume, unter denen besonders ein Feigenbaum und eine Palme hervorgehoben

Kampfe, sondern auch im Lager derer, die sich für die Sieger halten, zu den geistvollsten und scharfsinnigsten Untersuchungen und Behauptungen geführt hat. Das Bild ist nämlich ursprünglich in Tempera, d. h. mit Leimfarben, in der Art gemalt worden, die um 1470 — damals scheint das Bild entstanden zu sein — in Florenz allein üblich war. Jetzt zeigt aber das Bild eine deutliche Übermalung mit Farben, die bewerden, die Zweige, das Laubwerk. „Nur die Geduld und das Genie Leonardos konnten solches zustande bringen." In der That liegt in dieser sorgsamen Durchführung der Landschaft eine der charakteristischen Eigentümlichkeiten Leonardos, die er freilich auch mit anderen florentinischen Meistern der zweiten Hälfte des XV. Jahrhunderts teilt. Nur war bei ihm diese gründliche Kenntnis der Natur aus wissenschaftlichen Studien erwachsen, wofür zahlreiche Zeichnungen in seinen Handschriften und einzeln in den Sammlungen vorkommende Studienblätter zeugen. Von einem zweiten Jugendwerke erzählt Vasari eine ganz wunderbare Geschichte.

Als sein Vater eines Tages auf seinem Landgute weilte, kam ein Bauer, mit dem er verkehrte, mit einer runden, aus einem Feigenbaum geschnittenen Scheibe zu ihm und bat ihn, in Florenz darauf etwas malen zu lassen. Ser Piero übergab das Holz seinem Sohne, und nachdem dieser das rohe Stück durch einen Drechsler hatte glatt machen lassen, kam er auf den Gedanken, darauf etwas zu malen, das ungefähr die Wirkung wie ein Schild mit dem Medusenhaupte auf den Zuschauer hervorbringen sollte. Um diesem Ziele möglichst nahe zu kommen, fing er sich große und kleine Eidechsen, Grillen, Schlangen, Schmetterlinge, Heuschrecken, Fledermäuse und anderes seltsame Getier zusammen und sperrte es in ein Zimmer, zu dem kein anderer als er Zutritt hatte. Aus dem Studium dieser Tiere konstruierte er ein schreckenerregendes Ungeheuer, das, Gift aus seinem offenen Rachen speiend, Feuer aus den Augen sprühend und

Dampf aus den Nüstern blasend, aus einer dunklen Höhle herauskam. Als dann der Vater, der sich nach dem Schicksal des Schildes erkundigte, durch Zufall das Werk seines Sohnes zu Gesicht bekam, erschrak er anfangs heftig, erkannte aber bald die hohe Vortrefflichkeit der Arbeit und behielt sie für sich. Der Bauer wurde durch eine andere Malerei entschädigt, und Ser Piero verkaufte das Bild später heimlich für 100 Dukaten an Florentiner Kaufleute, die es bald an den Herzog von Mailand für 300 Dukaten weiter verkauften.

Leonardo hat aber auch ein wirkliches Medusenhaupt in Öl gemalt, das Vasari

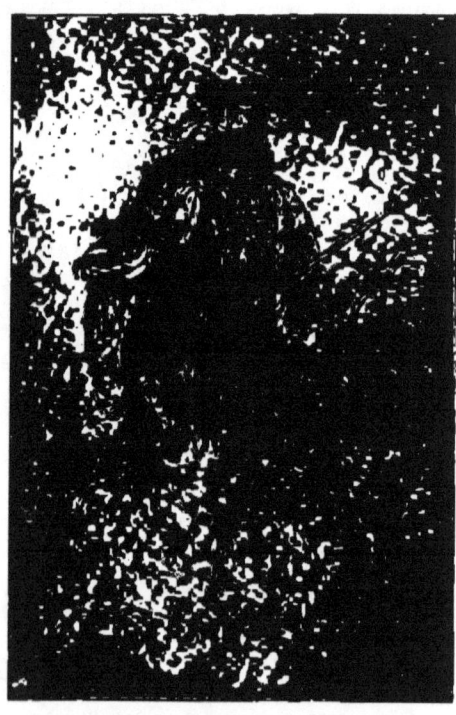

Abb. 17. Jüngling zu Pferde. Zeichnung in der Bibliothek des Schlosses zu Windsor.
(Nach einer Originalphotographie von Braun, Clément & Cie. in Dornach i. E. und Paris.)

2*

nebst einem Engelskopfe im Palaste des Herzogs Cosimo in Florenz gesehen hat, „die seltsamste und abenteuerlichste Erfindung, die man sich denken kann". Aber da er sich mit dem Malen nicht beeilte, blieb das Bild, wie fast alle seine Sachen, unvollendet. Da nun alle diese von Vasari erwähnten Jugendwerke des Meisters verschwunden sind, so hat ein Fälscher den Versuch gemacht, wenigstens einigermaßen diesem Mangel abzuhelfen, indem er nach der

Die Florentiner Sammlungen haben überhaupt das Mißgeschick gehabt, daß sie von falschen Leonardobildern stark heimgesucht worden sind. Weder die sogenannte „Nonne" Leonardos im Palazzo Pitti (Abb. 6), noch der „Goldschmied" und der gerade ausblickende junge Mann mit lang hinter den Ohren herabfallendem Haar (Abb. 7) in den Uffizien sind seines Namens würdig. Ein Kunstwerk ist überhaupt nur der „Goldschmied", die beiden anderen

Abb. 18. Bildnis Savonarolas.
In der Albertina zu Wien.
(Nach einer Originalphotographie von Braun, Clément & Cie.
in Dornach i. E. und Paris.)

Beschreibung Vasaris ein Medusenbild zusammenmalte, das später in die Sammlung der Uffizien zu Florenz gekommen ist und dort so lange als ein Werk des Meisters galt, bis die moderne Kritik den Schwindel aufgedeckt hat (Abb. 5). Das Bild ist insofern interessant, als es zeigt, welche verwegene Versuche gemacht worden sind, einen großen Namen auf Kosten leichtgläubiger Ruhmesanbeter auszubeuten. Hier liegt nicht einmal eine Kopie, sondern ein zu betrügerischen Zwecken in der zweiten Hälfte des XVI. Jahrhunderts angefertigtes Phantasiestück vor.

Bildnisse sind Arbeiten von „mittelmäßigen Söhnen dieser Welt", die im XV. oder XVI. Jahrhundert die Stellen unserer heutigen Photographen ausfüllten. Dabei ist zu beachten, daß der Maler der sogenannten „Nonne", die diese Standesbezeichnung nach ihrer Kleidung übrigens mit Unrecht trägt, den landschaftlichen Hintergrund so reich und angenehm zu gestalten wußte, daß man schon daraus erkennen kann, wie tief diese Art, die Natur mit den Menschen in lebendige Wechselwirkung zu bringen, mit der ganzen Kunstanschauung der florentinischen Maler des XV. Jahrhunderts ver-

Abb. 19. Madonna mit dem Kinde. In der Alten Pinakothek zu München.
(Nach einer Originalphotographie von Franz Hanfstängl in München.)

Abb. 20.  Studie zu der Anbetung der heiligen drei Könige.
In der Sammlung Galichon zu Paris.
(Nach einer Originalphotographie von Braun, Clément & Cie. in Dornach i. E. und Paris.)

wachsen war, so daß sie nicht als die charakteristische Eigentümlichkeit eines Einzelnen betrachtet werden darf.

Was Fälscher und Kopisten mit unredlichen Mitteln versucht hatten, wollten auf der anderen Seite redliche Kunstforscher mit Hilfe wissenschaftlicher Sichtung unter den vorhandenen Kunstschätzen ersetzen. Nach der Überlieferung mußte Leonardo schon in der Werkstatt Verrocchios sehr viel gemalt haben. Wo ist das alles geblieben? Ein geistreicher Kunstfreund, ein Sammler, der lange Zeit in Florenz gelebt hat, Baron von Liphart, machte eines Tages die Entdeckung, daß in einem Bilde der Uffizien in Florenz, einer „Verkündigung Mariä", das in neuerer Zeit aus der Klosterkirche von Montoliveto bei Florenz in jene Galerie unter dem Namen „Ghirlandajo" gekommen war, eine Jugendarbeit Leonardos zu erkennen wäre. Diese Taufe wurde bald allgemein anerkannt, da eine solche Entdeckung immer ein Ereignis in der Welt der Künstler und Kunstfreunde ist, namentlich in Florenz, wo die großen Kunstsammlungen ein mächtiger Faktor in dem Gedeihen der ihrer politischen Bedeutung entblößten Stadt geworden sind. Eine nähere kritische Untersuchung des Bildes hat aber leider ergeben, daß hier eine freundliche Täuschung zerstört werden muß. Leonardo hat einmal in seinem „Malerbuche", worin er die Summe der eigenen Erfahrungen seinen Schülern und der Nachwelt überliefert hat, die jungen Maler ausdrücklich davor gewarnt, niemals die Manieren eines anderen nachzuahmen. „Denn in diesem Fall wird der Nachahmer in Bezug auf die Kunst nur ein Enkel, nicht ein Sohn der Natur genannt werden . . ." Ein solcher „Enkel der Natur" blickt uns aus jedem Zuge des Bildes in den Uffizien

(Abb. 8) entgegen: die Landschaft im Hintergrunde, die drei Cypressen und die zwischen ihnen in hilfloser Verlegenheit zur Raumfüllung eingereihten Nadel- und Laubholzbäume hat der Urheber dieses Bildes nicht nach der Natur studiert, sondern aus Gemälden anderer Künstler ohne tieferes Verständnis der Naturformen schematisch abgeschrieben. Auch der verkündende Engel und die mit erschreckter Gebärde auffahrende und im Antlitz doch so ruhige Jungfrau Maria sind Figuren, die nicht nach dem Leben gezeichnet, sondern erborgt sind. Schon in seinen Jünglingsjahren hatte Leonardo, von dem Triebe des wissenschaftlichen Forschers beseelt, Bäume, Sträucher, Blätter nach der Natur gezeichnet und zwar mit einem Scharfblick,

Abb. 8. Die Anbetung der Könige. Nach dem Gemälde in den Uffizien zu Florenz.
(Nach einer Originalphotographie von Braun, Clément & Cie. in Dornach i. E. und Paris.)

der in die Struktur eines jeden Blattes einbrang, die er zugleich mit der Feder oder seinem fein gespißten Rotstift in ihren zahllosen Veräftelungen so wiedergab, als ob er bereits das Mikroskop gekannt hätte. Vergrößerungsgläser hat es allerdings schon lange vor Leonardo gegeben, und es ist sehr wahrscheinlich, daß sich der Künstler, der zugleich ein gründlicher Kenner der Gesetze der Optik war, für seinen eigenen Gebrauch ein Vergrößerungsglas angefertigt hat, das ihm beinahe den Dienst eines Mikroskops im modernen Sinne ermöglichte. Ohne ein solches Instrument ist uns wenigstens seine in die geringsten Einzelheiten eindringende Analyse von Blättern und Blüten, nach der ihn die modernen Naturforscher als den Begründer der Pflanzenanatomie und -physiologie anerkannt haben, unbegreiflich. Wenn diese und zahlreiche andere Entdeckungen auf allen Gebieten, die wir heute unter den Universalnamen „Naturwissenschaft" und „Technik" umfassen, für die Nachwelt ein totes Kapital geblieben sind, so lag das nur an der Persönlichkeit ihres Urhebers. Leonardo war wie von einem Dämon besessen, der ihn nie zum Augenblicke sagen ließ: „Verweile doch, du bist so schön!" Wenn er etwas gefunden hatte, das schon allen Menschen mit gewöhnlichem Begriffsvermögen als etwas Außergewöhnliches, Übermenschliches erschien, trieb ihn sein Geist, noch eine größere Vollkommenheit zu erstreben, und daraus erklärt es sich, daß er niemals dazu gekommen ist, eine von seinen umfangreichen Abhandlungen aus den Gebieten der Malerei, der Mechanik, der Optik, der Ingenieurkunst und der Naturwissenschaften durch den Druck zum Gemeingut der Menschen seiner Zeit zu machen und sie dadurch zu weiteren Forschungen anzuspornen. Einiges mag troßdem aus seinen mündlichen Mitteilungen von Schülern, namentlich während seines zweimaligen Aufenthaltes in Mailand, in weitere Kreise gedrungen sein. Aber die Beweise dafür sind sehr spärlich vorhanden und beschränken sich zumeist auf phantastische Spielereien.

Erst unserer Zeit ist durch das Studium der übriggebliebenen Handschriften Leonardos, das übrigens durch die meist von rechts nach links gehende Schreibart des Meisters, seine undeutlichen, vielfach abgekürzten Schriftzüge zu den schwierigsten Aufgaben der modernen Forschung gehört, ein tieferer Einblick in den Umfang seiner weit verzweigten wissenschaftlichen Beschäftigungen geworden. Zu einem Abschluß sind diese Studien noch nicht ge-

Abb. 22. Studie zu der Anbetung der Könige. In den Uffizien zu Florenz.
(Nach einer Originalphotographie von Braun, Clément & Cie. in Dornach i. E. und Paris.)

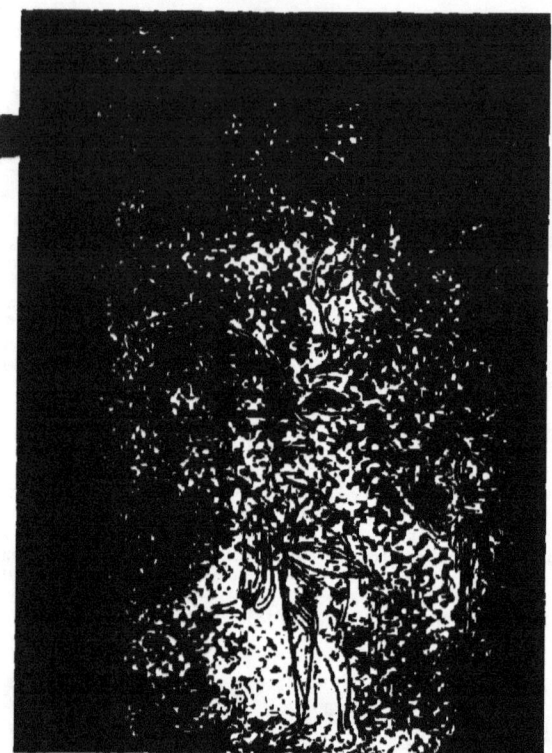

Abb. 23. Figurenstudie zu der Anbetung der Könige.
Im Louvre zu Paris.
(Nach einer Originalphotographie von Braun, Clément & Cie. in Dornach i. E.
und Paris.)

kommen, so daß diese Seite von Leonardos Thätigkeit hier nur beiläufig in knappen Umrissen berücksichtigt werden kann. So viel ist aber sicher, daß sein künstlerisches Schaffen über den wissenschaftlichen Arbeiten zu kurz gekommen ist. Um so länger müssen wir bei den wenigen Werken verweilen, auf denen der Hauch seines Genies ruht.

Die „Verkündigung" in den Uffizien zu Florenz gehört auch aus anderen als den bereits genannten Gründen nicht dazu. Es ist aus den Mitteilungen Vasaris und anderer bekannt, daß Leonardo bei seinem Studium des Faltenwurfs Leinwand oder anderes Zeug in flüssigen Gips tränkte und mit diesem Stoff die Falten in großen und kleinen Massen ordnete. Es kam dabei vor, daß er Nägel, Holzstöcke und andere Stützen zur Hülfe nahm. Aber diesen Notbehelf der Werkstatt würde er niemals auf seine Bilder übertragen haben, und darum erkennen wir in dem Urheber des Bildes in Florenz, der einen Gewandzipfel der Madonna über die Lehne des Sessels gezogen hat, weil er in seiner Verlegenheit der Faltenmassen nicht Herr werden konnte, nur einen „Enkel der Natur", einen Nachahmer Leonardos. Wahrscheinlich ist es Ridolfo Ghirlandajo, der immer von der

Madonna in den Uffizien ist zwar nicht so heftig erregt, aber sie macht doch eine Gebärde, die mit Leonardos Kritik nicht in Einklang zu bringen ist.

Eine Verkündigung Mariä hat Leonardo

Abb. 8. Figurenstudien zur Anbetung der Könige.
Im Besitz des Herrn Malcolm.
(Nach einer Originalphotographie von Braun, Clément & Cie. in Dornach i. E. und Paris.)

Nachahmung anderer gelebt hat. Auch ein Ausspruch des Meisters selbst wendet sich gegen dieses Bild. In seinem „Malerbuche" tadelt er die Art gewisser Maler, die bei der Erscheinung des verkündenden Engels die Madonna in so erregter Haltung darstellen, als ob sie vor Schreck aus dem Fenster hinausspringen wollte. Die

allerdings gemalt, sie ist aber nicht in Florenz, sondern im Louvremuseum in Paris zu suchen, wo sie lange Zeit als ein Werk des Lorenzo di Credi gegolten hat, bis sich alle Kenner auf ein Jugendwerk Leonardos geeinigt haben (Abb. 9), dessen Entstehung etwa um 1470 anzusetzen ist. Hier sehen wir im Keime bereits alle jene für Leonardo charakteristischen Eigentümlichkeiten, die sich schon wenige Jahre später zu herrlicher Blüte entfalteten: die demütige Neigung, die liebliche, ihrer Reize unbewußte Anmut seiner Frauenköpfe, die schlank und schmal gebauten Hände, den aus langwierigen Studien und Beobachtungen gewonnenen Wurf der Falten, ihre besonnene Anordnung, die den Bildhauer verrät, der alles körperhaft zu sehen gelernt hat, die bei aller Sorgfalt in den

der unendlichen Geduld gleich gekommen, mit der er dem Gewirr der Falten, dem Bruch der verschiedenartigen Stoffe, den Glanzlichtern auf den Rücken der Falten, den Reflexen auf den breiteren Flächen und dem Helldunkel in den Tiefen nachgegangen ist. Dabei leitete ihn stets eine Größe der Auffassung, die ihn die Kleinlichkeit seiner unmittelbaren Vorgänger und Vorbilder in Florenz, das Gekniffene und Knitterige ihrer Faltenanordnungen ver-

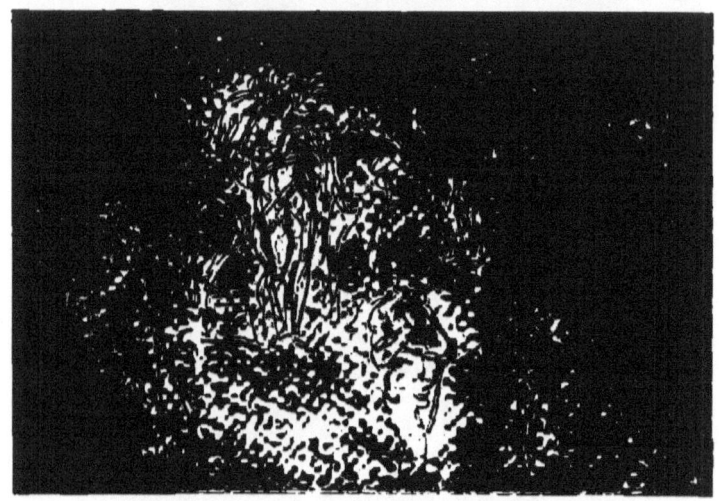

Abb. 25. Figurenstudien zur Anbetung der Könige. Im Besitz des Herrn Armand in Paris.
(Nach einer Originalphotographie von Braun, Clément & Cie. in Dornach i. E. und Paris.)

Einzelheiten doch nur als Nebensache, als Folie für die Figuren behandelte Landschaft, die Anwendung gewisser Lokalfarben, die auch in seinen späteren Gemälden als herrschend wiederkehren, u. a. m. Wenn man sich nur allein unter den zahlreichen Gewandstudien umsieht, die sich in den öffentlichen Sammlungen als Einzelblätter oder in den Sammelbänden Leonardoscher Handschriften vorfinden, wird man verstehen, weshalb der Meister so wenig Bilder vollendet, nach seiner Meinung vielleicht kein einziges, hinterlassen hat. Nur unser deutscher Meister Albrecht Dürer ist ihm in

meiden ließ. Man muß diese Merkmale im Auge behalten, wenn man echte Gewandstudien Leonardos von solchen unterscheiden will, die mit Unrecht seinen Namen tragen. Obwohl ihm diese Studien wohl meist Selbstzweck waren, d. h. zu eigener Belehrung dienten, mag er gelegentlich auch an ihre spätere Verwendbarkeit gedacht haben, so z. B. bei den prächtigen Gewandstudien im Louvre und in der Windsorsammlung (Abb. 10 u. 11), die, knieenden Figuren angehörig, sehr wohl für eine die Botschaft des Engels vernehmende Madonna oder für den Engel selbst dienen konnten.

Abb. 26. Studienkopf. Im Schloße zu Windsor.
(Nach einer Originalphotographie von Braun, Clement & Cie.
in Dornach i. E. und Paris.)

und zugleich das eines florentinischen Meisters trägt es allerdings.
Aber wir vermögen keinen der
Züge, die, wie wir aus seinen
Handzeichnungen wissen, schon in
dieser frühen Periode für den
jungen Leonardo bezeichnend waren, in diesem aller äußeren Reize
baren Frauenbildnis zu entdecken.
Schon damals hatte Leonardo eine
nur ihm eigene Art, auch un-
sympathische Physiognomien mit
einem Schimmer von Anmut zu
verklären, und wenn auch er diesem stumpfsinnigen Gesichte gegenüber machtlos gewesen wäre, so
würde er sicher nicht versäumt
haben, durch eine feine Charakteristik der Hände zu ersetzen, was
er dem Antlitz nicht abzugewinnen
vermochte. Wie weit er es schon
damals im Studium der Hände
gebracht hatte, beweist eine Zeichnung im Louvre mit zwei Frauen-
händen, deren eigentümliche Stellung an gewisse dem Verrocchio
zugeschriebene weibliche Büsten erinnert, die also wohl noch unter
dem unmittelbaren Einfluß des
Meisters entstanden ist (Abb. 15).
Es ist auch sonst kein zweifellos ech-
tes Bildnis von ihm nachzuweisen,
auf dem die Hände fehlen, und er hat selbst
in einer seiner lehrhaften Abhandlungen die
Vorschrift gegeben, daß bei Bildnissen die
Arme so zu ordnen seien, daß der eine
auf dem anderen ruhe. Nach dieser Vorschrift hat er natürlich selbst zuerst gehandelt.

So gering die Zahl der unanfechtbaren
Jugendwerke Leonardos ist, so spärlich sind
auch die urkundlichen Nachrichten über ihn.
Wir erfahren nur, daß er 1472, also mit
zwanzig Jahren, in das Rolbuch der Florentiner Malerzunft eingeschrieben wurde.
Da er aber, dank dem Wohlstand seines
Vaters, nicht auf Gelderwerb zu sehen
hatte, scheint er weiter seinen halb wissenschaftlichen, halb künstlerischen Neigungen
gelebt zu haben. Vielleicht hat er auch
noch eine Zeitlang bei Verrocchio weitergearbeitet und dem Meister bei der Ausführung seiner zahlreichen Aufträge ge-
holfen. Dies geht wenigstens aus den

Auch bei der über die Knice einer sitzenden
Person in majestätischen Falten ausgebreite-
ten Gewandung im Louvre (Abb. 12) denkt
man an eine Madonna, die das heilige
Kind in ihren Armen hält. Im Gegensatz dazu betrachte man den mühsamen in
der Albertina zu Wien befindlichen und
dort mit dem Namen Leonardos beglückten
Versuch eines Anfängers, der eine an-
gefeuchtete Draperie über eine Thonfigur
geworfen und in kleinliche Falten gebrochen
hat, die er ebenso kleinlich mit einem über-
triebenen Aufwand von weißen Lichtern
wiedergegeben hat (Abb. 13).

Bei weiteren Forschungen nach Leonardos Jugendwerken ist man auch auf
ein weibliches Brustbild in der fürstlich
Liechtensteinschen Galerie in Wien gestoßen,
dessen Entstehung ebenfalls in die florentinische Zeit des Künstlers, in die siebziger Jahre des XV. Jahrhunderts, fallen
soll (Abb. 14) Das Gepräge dieser Zeit

Dokumenten über eine im Jahre 1476 gegen Leonardo erhobene Anklage hervor, die vermutlich auf die Denunziation eines neidischen Kunstgenossen zurückzuführen ist. Leonardo war unsittlicher Handlungen, auf denen schwere Strafe stand, beschuldigt worden; aber er wußte sich so vollkommen zu rechtfertigen, daß er freigesprochen wurde. Damals befand er sich also noch in der Werkstatt Verrocchios, scheint sich aber bald darauf selbständig gemacht haben. Ferner erfahren wir, daß er am 10. Januar 1478 seinen ersten großen Auftrag und zwar sogleich, wie wir sagen würden, einen Staatsauftrag erhielt. Die Signoria von Florenz schloß mit ihm einen Vertrag, nach

dem er sich verpflichtete, ein Bild für die Kapelle des heiligen Bernhard im Palast der Signoria zu malen. Aber das einzige, was er in dieser Angelegenheit gethan hat, war, daß er sich am 16. März des genannten Jahres einen Vorschuß von 25 Goldgulden geben ließ. Er wird eben, wie so oft in seinem Leben, vor lauter Grübeleien über die Komposition nicht über den Entwurf und die Vorstudien hinausgekommen sein. Das Zeichnen ging ihm eben leichter und schneller von der Hand.

Leider sind von den Zeichnungen aus Leonardos erster Florentiner Zeit nur zwei mit Sicherheit zu datieren. Auf die eine, die sich in den Uffizien in Florenz befindet, hat

Abb. 27. Der heilige Hieronymus. In der Galerie des Vatikan in Rom.
(Nach einer Originalphotographie von Braun, Clément & Cie. in Dornach i. E. und Paris.)

Abb. 20. Wirkung eines Sprenggeschosses. Soldaten in Verteidigungs- und Angriffsstellung.
Nach einer Zeichnung in Pariser Privatbesitz.
(Nach einer Originalphotographie von Braun, Clément & Cie. in Dornach i. E. und Paris.)

er selbst das Datum geschrieben: „Am Tage
der heiligen Maria im Schnee, den 5. August 1473." Es ist eine Landschaft, die ihn
bei einer seiner Wanderungen durch Tos-
cana durch ihre eigenartige Schönheit so
gefesselt haben mag, daß er sie mit sorg-
samer Betonung aller Einzelheiten in sein
Skizzenbuch eintrug: von einer Anhöhe ein
Blick in ein liebliches Thal, welches im
Hintergrunde durch Gebirgsketten gegen den
Horizont abgeschlossen wird; rechts im
Vordergrunde ein Felsen, von dem sich ein
wasserreicher Bach ergießt, links ein weit
in das Thal vorspringender Berg, auf dem
sich ein mit Mauern und Türmen be-
wehrtes Kastell erhebt. Ein gelehrter ita-
lienischer Leonardoforscher glaubt in dieser
Schilderung eine Gegend des Arnothals
bei Montelupo mit den Pisaner Bergen
im Hintergrunde zu erkennen.

Die zweite der hier in Betracht kom-
menden Zeichnungen knüpft an einen politischen Vorgang an, der im April des
Jahres 1478 das florentinische Staatswesen
tief erschütterte und noch lange Jahre in

seinen traurigen Folgen nachwirkte. Mit
stillschweigender Zustimmung des Papstes
Sixtus IV. hatte sein ehrgeiziger und hab-
süchtiger Verwandter Girolamo Riario aus
Haß gegen die wachsende Volkstümlichkeit
und Macht der Mediceer in Florenz unter
den florentinischen Familien, die sich durch
das Emporkommen des ehemaligen Bankiers
und seiner Söhne in ihren Rechten verletzt fühlten, eine Verschwörung angezettelt,
deren Ziel die Beseitigung der Brüder
Lorenzo und Giuliano de' Medici durch
Meuchelmord war. An der Spitze der
Verschwörung standen Francesco de' Pazzi
und seine Familienangehörigen, zu denen
sich aber noch andere gesellten, die sich
gleich den Pazzi einer Täuschung über die
Stimmung des florentinischen Volks hin-
gegeben hatten. Der verbrecherische Plan
sollte am 26. April, einem Sonntage,
während einer Messe im Dome, der die
beiden Mediceer beiwohnen wollten, zur
Ausführung kommen. Aber nur der allgemein beliebte Giuliano fiel den Ver-
schwörern zum Opfer, die sämtlich ergriffen

und von dem empörten Volke nach entsetzlichen Qualen an den Fenstern des Palazzo Vecchio aufgehängt wurden. Nur einem gelang es zu entkommen, gerade dem, der dem Giuliano den Todesstoß gegeben hatte, einem gewissen Bernardo Bandini. Er floh nach der Türkei, nach Konstantinopel; aber der Arm der Mediceer reichte schon damals weit. Lorenzo wußte durch einen Abgesandten den Sultan Mohammed II. zur Auslieferung des Mörders zu bewegen, und dieser wurde nach Florenz gebracht und am 29. Dezember 1479 gehängt. Leonardo wohnte der Hinrichtung auf der Piazza della Signoria bei, und der Vorgang interessierte ihn so lebhaft, daß er nicht nur den Gehängten mit der Feder zeichnete (Abb. 16), sondern daneben auch mit der Sorgfalt eines Protokollführers den Stoff und die Farbe der Kleidungsstücke des Gerichteten notierte. Unten auf dem Blatte hat er noch einmal seinen Kopf etwas größer gezeichnet. Sollte es nur aus reinem Forschertriebe geschehen sein? Oder rechnete Leonardo auf einen Auftrag von Lorenzo, der zum Dank für seine Rettung aus Lebensgefahr mehrere Kunstwerke zu stiften beschlossen hatte? So sollten u. a. auch die aufgehängten Verschwörer mit den Köpfen nach unten an die Mauern des Turmes des Bargello, des Sitzes der Polizeigewalt, gemalt werden. Vielleicht hat sich Leonardo auf diesen Auftrag vorbereiten wollen, der später dem Sandro Botticelli zu teil wurde.

Weitere Beziehungen Leonardos zur politischen und lokalen Geschichte von Florenz

sind nicht mit Sicherheit nachzuweisen. Ein jüngerer Leonardoforscher, Paul Müller-Walde, hat zwar versucht, einige Zeichnungen, darunter die eines jungen Kavaliers auf heransprengendem Rosse (Abb. 17), mit einem glänzenden Turnier in Verbindung zu bringen, das Giuliano de' Medici 1475 auf dem Platze vor Santa Croce veranstaltet hatte. Aber der junge Mann sieht eher einem Jäger ähnlich als einem in die Schranken reitenden Ritter, der gewappnete Gegner zum Lanzenstechen herausfordern will. Immerhin tragen diese Zeichnungen das Gepräge Leonardos, während ein in Wien befindliches Bildnis Savonarolas schon durch die Umrahmung in hohem Grade verdächtig ist (Abb. 18). Wohl stimmt das

Abb. 16. Hof einer Geschützgießerei. Nach einer Zeichnung in der Bibliothek von Schloß Windsor.
(Nach einer Originalphotographie von Braun, Clément & Cie. in Dornach i. E. und Paris.)

Bildnis in allen Zügen mit den authentischen Porträts des fanatischen Reformators überein, und wenn auch Leonardo während der Zeit, wo Savonarola in Florenz kämpfte, anfangs siegte und schließlich unterging, vorwiegend in Mailand lebte, so hat er doch Florenz mehreremal besucht. Es kann keinem Zweifel unterliegen, daß er den unerschrockenen Sittenprediger kennen gelernt hat, in dem er einen verwandten Geist spürte. Aber gerade darum ist es ausgeschlossen, daß diese Profilzeichnung, die nur bekannte Bilder in übertriebener Detaillierung wiedergibt, von ihm herrührt. Er, der geistig gleich Gearicte, hätte uns ein anderes Bild dieses merkwürdigen Mannes hinterlassen.

Außer mit dem Bilde, das ihm der Rat von Florenz aufgetragen hatte, das er aber niemals ernstlich in Angriff genommen zu haben scheint, beschäftigte sich Leonardo im Jahre 1478 noch mit zwei anderen Gemälden. Das erfahren wir aus einem Studienblatte mit zwei männlichen Köpfen in den Uffizien zu Florenz, das vielleicht zu einem Skizzenbuch gehört hat, in das Leonardo auch Tagebuchnotizen eintrug. Dort ist zu lesen, daß er in einem der letzten drei Monate — von dem Monatsnamen sind nur die letzten drei Buchstaben erhalten — des Jahres 1478 „die beiden Jungfrauen Maria" begann. Es scheint sich danach wiederum nur Aufträge gehandelt zu haben. Was aus diesen Madonnenbildern, vermutlich Madonnendarstellungen im engeren Sinne, die sich nach der älteren florentinischen Art nur auf die heilige Jungfrau und das Kind beschränkten, geworden ist, wenn er sie wirklich ausgeführt haben sollte, wissen wir nicht. Man hat sich zwar auch über diesen Mangel durch mehr oder weniger scharfsinnige Hypothesen hinwegzuhelfen versucht. Aber die meisten der Madonnendarstellungen kleinen und großen Umfanges, die zum Teil schon seit alters her in öffentlichen und privaten Galerien unter Leonardos Namen gehen, tragen so entschieden das Gepräge der Mailänder Schule, daß man sie mit jener Notiz auf dem Studienblatte von 1478 nicht in Verbindung bringen kann. Erst in neuester Zeit ist ein für die Münchener Pinakothek unter dem Namen Albrecht Dürers erworbenes Madonnenbild (Abb. 19) als ein Jugendwerk Leonardos aus seiner ersten Florentiner Zeit in Anspruch genommen worden. In diesem Bilde verleugnet sich jedoch noch mehr als in der „Verkündigung" der Uffizien der Künstler, der schon früh-

Abb. 20. Studie zum Reiterdenkmal für Francesco Sforza. In der Bibliothek von Schloß Windsor.
(Nach einer Originalphotographie von Braun, Clément & Cie. in Dornach i. E. und Paris.)

zeitig eine große Meisterschaft in der Behandlung des Faltenwurfs erreicht hatte. Solche gekünstelte Fallen, wie sie der Mantel der Madonna zeigt, würde Leonardo niemals angeordnet haben, und noch weniger ist ihm, dem tiefen Kenner des menschlichen Knochenbaues, eine Mißbildung zuzutrauen, wie sie der Körper des nackten Kindes aufweist. Wenn wir auch nicht so weit gehen, wie der Senator Morelli, der in dem Bilde die Hand eines niederländischen Nachahmers des Verrocchio zu erkennen glaubt, so möchten wir doch behaupten, daß das Werk eines tüchtigen Künstlers überhaupt nicht würdig ist, so daß es gar nicht der Mühe lohnt, nach einem Namen zu suchen.

Trotz der Saumseligkeit Leonardos in der Ausführung seiner Aufträge wurde ihm schon im Jahre 1481 ein neuer zu teil. Die Mönche des Klosters San Donato in Scopeto, vor dem Römischen Thor von

Abb. 31. Studie für ein Reiterdenkmal.
In der Bibliothek des Schlosses zu Windsor.
(Nach einer Originalphotographie von Braun, Clément & Cie.
in Dornach i. E. und Paris.)

Florenz, schlossen mit ihm im Juli 1481 einen Vertrag, auf Grund dessen er für 300 Goldgulden ein Bild für ihren Hochaltar innerhalb eines Zeitraumes von spätestens 30 Monaten malen sollte. In dem Dokumente ist über den Gegenstand des Bildes ebensowenig etwas gesagt wie in dem Vertrage Leonardos mit der Signoria. Aber aus dem Umstande, daß Filippino Lippi sechzehn Jahre später für die Mönche, die so lange vergeblich auf die Arbeit Leonardos gewartet hatten, eine „Anbetung der Könige" malte, hat man geschlossen, daß auch Leonardo denselben Gegenstand darzustellen unternommen hatte. Nun gibt es in den Uffizien zu Florenz eine über die braune Untermalung nicht hinausgediehene „Anbetung der Könige", die, nicht nur durch das Zeugnis Vasaris, sondern auch durch eine Reihe von Vorstudien, Zeichnungen und

Kompositionsversuchen des Meisters als ein unzweifelhaftes Werk von seiner Hand beglaubigt ist. Ob dieses Bild nun mit dem von den Mönchen von Scopeto bestellten oder, wie andere glauben, mit dem für die Bernhardskapelle im Signorenpalaste identisch ist, ist gleichgültig. Ungleich wichtiger ist es, daß wir durch dieses Bild, das allerdings in seiner völlig unfertigen Gestalt auf den Laien wenig anziehend wirkt, und die damit zusammenhängenden Zeichnungen einen Einblick in das zwar langsame, aber von höchster künstlerischer Überlegung geleitete Schaffen Leonardos erhalten.

Den ersten Gedanken der Komposition lernen wir aus einer Zeichnung kennen, die sich im Besitze des Herrn Louis Galichon in Paris befindet, der in den siebziger Jahren für das unscheinbare Blatt

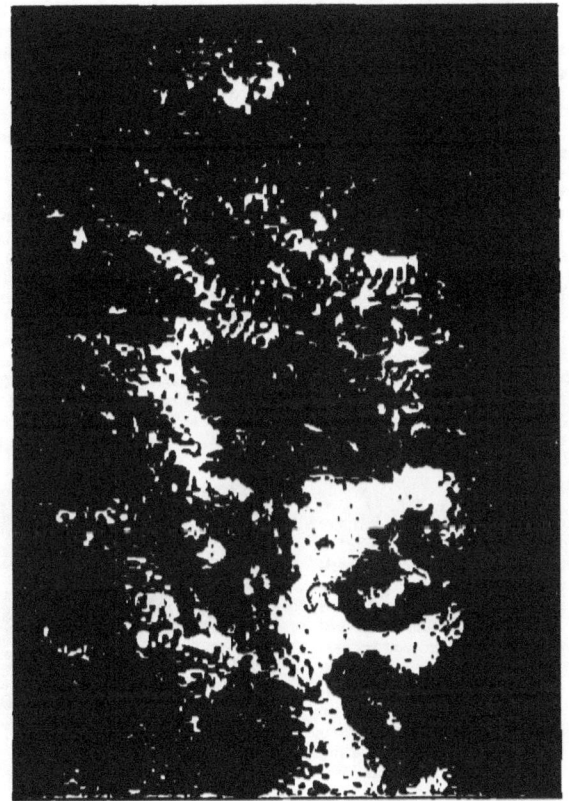

Abb. 19. Pferdestudien. Zeichnung in der Bibliothek des Schlosses zu Windsor.
(Nach einer Originalphotographie von Braun, Clément & Cie. in Dornach i. E. und Paris.)

12 900 Francs bezahlt hat (Abb. 20). Zwar zeigt sich noch in allen Teilen die tastende Hand; aber über einige Hauptteile war sich der Künstler schon damals so klar geworden, daß er sie auch in der Untermalung festhielt, die der erste und leider auch letzte Schritt zur definitiven Ausführung war (Abb. 21). Zunächst die architektonische Umgebung, nicht die bescheidene Herberge in Bethlehem, sondern die Ruine eines prächtigen Palastes, unter dessen verfallenem Dach die Madonna mit dem Kinde auf einem erhöhten Fußboden sitzt, zu dem von außen mehrere Stufen emporführen. An diesen Raum schließt sich rechts ein imposantes Bauwerk an, das zwar in seiner Bedeutung nicht ganz klar ist, aber offenbar auch nur dazu dienen soll, den architektonischen Hintergrund noch imposanter zu gestalten. Unten ist der Bau durch mehrere Bogen gegen die Palastruine und den rückwärts angrenzenden Hof geöffnet, und

zum oberen Stockwerk führen zwei Freitreppen hinauf. An diesen Freitreppen
hielt Leonardo fest, wie sehr sich auch sein
ursprünglicher Entwurf im Laufe der Jahre
veränderte, die über die Beschäftigung mit
diesem Bilde dahinstrichen. In einigen der
Entwürfe, die nach der Galichonschen Zeichnung entstanden sind, hat er sogar den
architektonischen Hintergrund völlig um-
gestaltet (Abb. 22). Der phantastische Hallen-
bau wurde nach links in den Vordergrund
gerückt und die Palastruine ganz in den
Hintergrund geschoben. Die beiden Freitreppen wurden aber beibehalten, und auf
ihnen sollte sich das geschäftige Treiben
der Reisebegleiter der drei Könige aus dem
Morgenlande entwickeln. Vielleicht wäre dadurch die Hauptgruppe im Vordergrunde, für
die in der neuen Architektur ohnehin wenig
Raum geblieben war, durch die Figuren-
fülle des Hintergrundes, zu der sich noch
als charakteristisches Merkmal der fernen
Herkunft der Karawane ein im Vordergrunde links ruhendes Kamel gesellt,
erdrückt worden, ganz wie es zwei
Menschenalter später auf den festlichen
Darstellungen biblischer Gastmähler in
Gegenwart Christi von Paul Veronese
geschehen ist. Leonardo verwarf den Gedanken wieder, und zuletzt entschloß er
sich, die Scene der Anbetung in die freie
Natur zu verlegen und den von der Natur geschaffenen Hintergrund nur durch
eine Ruine zu unterbrechen, von der
noch der Bogenunterbau zu erkennen ist.
Aber auch hier sind die beiden Freitreppen übriggeblieben, die den Zugang
zu dem verschwundenen Oberbau vermitteln.

Sollten wir hier nur eine architektonische Phantasie Leonardos zu erkennen haben oder die freie künstlerische
Verwendung von altrömischen Ruinen,
die der Künstler irgendwo gesehen hat?
In Florenz und seiner Umgebung hat
Leonardo jedenfalls solche Trümmer nicht
studieren können, und darum ist die Vermutung eines der jüngeren Kunstforscher,
daß Leonardo bereits um 1480 zum
erstenmal nach Rom gegangen sei, nicht
unwahrscheinlich. Zweigeschossige Bogen-
stellungen, wie die im Hintergrunde des
Bildes mit der „Anbetung der Könige",
traf man damals nur in Rom und in der

Campagna. Man kann dabei an die Reste
der langen Bogen der sich tief in die Campagna hineinziehenden Wasserleitungen, an
gewisse Teile des Kolosseums und namentlich an die Kaiserpaläste auf dem Palatin
denken, die erst im Laufe des XVI. Jahrhunderts durch die Baulust der Päpste, die
daraus ihr Baumaterial bezogen, zu den
traurigen Ruinen gemacht worden sind, die
wir heute sehen.

Aus der Galichonschen Zeichnung ist
auch die Bewegung und Körperhaltung des
ältesten der drei Könige, der dem Christ-
kind das kostbare Gefäß mit Myrrhen
kniend darreicht, im allgemeinen beibehalten
worden. Man sieht dort, wie er auf den
Knieen die Stufen hinaufrutscht, mit dem
linken Arm sich aufstützend, mit dem rechten
das Gefäß erhebend. Dann hat Leonardo
den linken Arm verändert und ihn so weit
erhoben, daß er sich mit dem rechten zur
Überreichung des Gefäßes vereinigt. Ein

Abb. 33. Kämpfe von Reitern und Ungeheuern.
Zeichnung in der Ambrosianischen Bibliothek zu Mailand
(Nach einer Originalphotographie von Braun, Clément & Cie.
in Dornach i. E. und Paris.)

1*

Studienblatt in den Uffizien zu Florenz und zwei andere in englischem und französischem Privatbesitz (Abb. 23—25) zeigen, wie sorgfältig er die Bewegung des anbetenden Königs und seiner Begleiter nach dem nackten oder nur leicht bekleideten Modell studiert und bis zur Befriedigung seiner letzten Absicht ausprobiert hat. Es ist wohl anzunehmen, daß Leonardo, der erste Anatom unter den bildenden Künstlern, die Übung in Florenz eingeführt hat, jede Figur erst nackt zu studieren, bevor er sie bekleidet darstellte. Raffael ist darin sein überzeugter Schüler gewesen. Auch seine Madonnengestalten hat er erst nach Modellen nackt studiert, bevor er den Faltenwurf den Linien der Körper anschmiegte.

Auf dem untermalten Bilde hat sich der König ebenfalls auf den Knieen rutschend zu der Madonna herangewegt, und während er sich mit der Linken auf den Erdboden stützt, reicht er mit der Rechten das Gefäß dem Kinde, zu dem er mit scheuer Andacht und Hingebung hinaufblickt. Lebhaft äußert

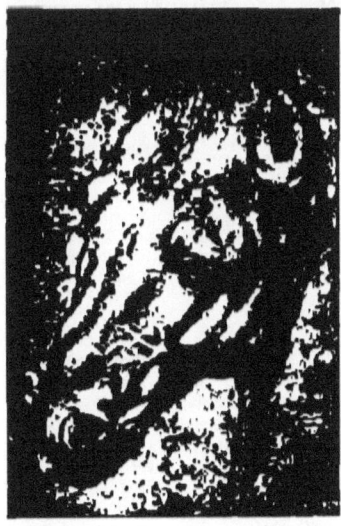

Abb. 24.   Pferdekopf. Nach einer Zeichnung in der
Ambrosianischen Bibliothek in Mailand.
(Nach einer Originalphotographie von Braun, Clément & Cie.
in Dornach i. E. und Paris.)

sich das Erstaunen über das göttliche Wunder unter seinen und der beiden anderen links knieenden Könige Reisebegleitern. In dichten Gruppen haben sie sich herangedrängt zu Fuß und zu Roß, und es ist, als ob sie sich an dem lieblichen Kinde nicht satt sehen könnten. Am stärksten wird jedoch der Blick des Beschauers durch die Gestalt und den Blick der Madonna gefesselt. Sie trägt bereits so sehr das Gepräge der vollen Reife Leonardos, seiner klassischen Frauentypen mit der eigentümlichen seitlichen Neigung der Köpfe und dem holdseligen Lächeln, das die edel geschwungenen Lippen umspielt, daß man zu der Annahme geneigt ist, daß Leonardo auch nach seinem ersten Aufenthalt in Mailand an dem in Florenz zurückgebliebenen Bilde noch weitergearbeitet hat. Es gibt eine Zeichnung in der Bibliothek zu Windsor (Abb. 26), die so auffällig mit dem Kopf der Madonna auf der Untermalung übereinstimmt, daß man sie für eine Vorstudie dazu halten möchte, die nur mit unwesentlichen Änderungen an den den Kopf bedeckenden Schleier und der Haltung des Kopfes verwendet worden ist. Auch der Reiterkampf im Hintergrunde deutet auf eine spätere Zeit.

Eine zweite Untermalung, die sich in der Galerie des Vatikan befindet (Abb. 27), ist bisher ebenfalls allgemein der ersten florentinischen Periode Leonardos zugeschrieben worden. Noch weniger anziehend als die „Anbetung der Könige", eigentlich geradezu abschreckend, ist dieses Bild in allen Details viel charakteristischer für einen gereiften Mann als für einen Jüngling. Es stellt den heiligen Hieronymus in seiner Grotte dar, der sich in Gesellschaft seines Löwen kasteit, ist im Grunde genommen aber nur eine grauenhaft naturwahre, anatomische Studie nach einer abgemagerten Greisengestalt, zu der der Heilige nur als frommer Vorwand gedient hat. Nun ist es durch die Überlieferung Vasaris bekannt und auch durch die Schriften Leonardos bestätigt worden, daß der Meister erst während seines Aufenthaltes in Mailand eingehende anatomische Studien mit Hilfe eines befreundeten Arztes, Marcantonio della Torre, getrieben hat, und darum ist es richtiger, das seltsame Bild im Vatikan als ein Produkt dieser Beschäftigungen, im Verein mit eifrigen Beleuchtungsstudien, anzusehen.

Das erste Mal ist Leonardo bereits um das Jahr 1482 nach Mailand gekommen, und zwar im Auftrage Lorenzos von Medici, der frühzeitig auf den jungen Künstler aufmerksam geworden zu sein scheint. Es ist aber zweifelhaft, ob Leonardo diese Aufmerksamkeit gerade seinen specifisch künstlerischen Eigenschaften und nicht viel mehr seinen geselligen Talenten zu verdanken hatte. Wenigstens war der Gegenstand der Sendung, mit der Leonardo beauftragt wurde, nicht ein Kunstwerk, sondern eine, wie man glaubt, von ihm selbst oder nach seinen Angaben angefertigte, kostbare Laute, die er gemeinsam mit dem Musiker Atalante Migliorotti, dem besten Lautenspieler seiner Zeit, dem „Gouverneur" oder richtiger dem allmächtigen Tyrannen von Mailand, Lodovico il Moro, als ein Geschenk Lorenzos überbringen sollte. Mit der richtigen politischen Witterung, die die Medici von jeher ausgezeichnet, hatte Lorenzo erkannt, daß er sich den rücksichtslosen Gewalthaber, der vor keiner That zurückschreckte, um zu den Zielen seines unersättlichen Ehrgeizes zu gelangen, rechtzeitig zum Freunde machen müßte. Wenn auch minder grausam als Lodovico, empfand doch Lorenzo das Bedürfnis aller Emporkömmlinge, sich an seinesgleichen zu halten, um für den Fall der Not mit fremder Hilfe die usurpierte Herrschaft zu behaupten. Lodovico hatte damals bereits seinen ersten Staatsstreich glücklich hinter sich. Nachdem er bald nach dem Tode seines Bruders Galeazzo Maria Sforza plötzlich im Kastell von Mailand erschienen war, wußte er sich bald mit Hinterlist und Heuchelei in das Vertrauen seiner Schwägerin Bona, die die Regentschaft für ihren Sohn Gian Galeazzo führte, so einzuschmeicheln, daß es ihm gelang, ihren treuen Minister Cicho Simonetta von ihr zu trennen und aus dem Wege zu räumen, und bald darauf, im Jahre 1481, zwang er sie, die Vormundschaft über ihren Sohn ihm zu übertragen. Er nahm zwar nur den Titel „Statthalter

Abb. 35. Ritter zu Pferde. Zeichnung in der Ambrosianischen Bibliothek zu Mailand.
(Nach einer Originalphotographie von Braun, Clément & Cie. in Dornach i. E. und Paris.)

von Mailand" im Namen seines Neffen an, übte aber in Wirklichkeit die Alleinherrschaft aus, die er sich auch später nicht entreißen ließ.

Wie alle großen und kleinen Tyrannen jenes merkwürdigen Zeitalters, in welchem feinste Bildung und edelster künstlerischer Geschmack mit kaltblütiger Grausamkeit und unersättlichem Rache- und Blutdurst dicht zusammenwohnten, suchte auch Lodovico die Erinnerung an seine Verbrechen durch Großmut, Prachtliebe und die Pflege aller Künste in großem Stile zu verlöschen. Er befriedigte die Schaulust des Volkes durch glänzende Feste und umgab sich mit Künstlern, die in ihm nur den freigebigen Mäcen, nicht den ruchlosen Machthaber sahen. Auch Leonardo wurde durch den

Glanz des mailändischen Hofes geblendet, und er mag schon damals den Versuch gemacht haben, seine vielseitigen Kenntnisse und Fähigkeiten im Dienste des Herrschers zu verwerten, der im voraus wußte, daß er sein leicht errungenes Herzogtum schwer zu verteidigen haben würde. Im Gespräch

ausführlichen Begründung seiner dem Herrscher gemachten Versprechungen an diesen geschrieben hat. Dieser Brief, der ein helles Licht auf den riesigen Umfang seines Wissens, auf die Universalität seines über alle Zeitgenossen hinausgewachsenen Könnens wirft, ist für Leonardos Bedeutung so bezeichnend, daß er in unserem Charakterbild nicht fehlen darf.

„Da ich, mein erlauchtester Herr," so schreibt der junge Meister, „zur Genüge die Leistungen aller derer gesehen und geprüft habe, die als Meister und Erfinder von Kriegsinstrumenten betrachtet werden, und da die Erfindung und Thätigkeit vorgenannter Instrumente durchaus nicht von denen, die man gewöhnlich braucht, abweichen, so werde ich mich bemühen, ohne irgend jemand anderem Abbruch zu thun, mich Ew. Excellenz verständlich zu machen, indem ich Ihr meine Geheimnisse mitteile, und während ich sie bei gelegener Zeit Deren Belieben zu Gebote stelle, hoffe ich auf den guten Erfolg aller jener Dinge, die im Gegenwärtigen kurz aufgeführt werden.

1. Habe ich Mittel, sehr leichte Brücken anzufertigen, die sich sehr bequem transportieren lassen und mit denen man die Feinde verfolgen sowie auch ihnen nach Gelegenheit entfliehen kann. Und andere, die gegen Feuer gesichert und von der Schlacht unverletzbar sind, sowie auch leicht und bequem wegzunehmen und wieder aufzuschlagen. Nicht minder auch Mittel, die Brücken der Feinde in Brand zu setzen und zu zerstören.

2. Bei der Belagerung eines Ortes verstehe ich, das Wasser der Gräben abzuschneiden und unendlich viele Brücken mit Stufen sowie andere Instrumente zu ver-

mit Lodovico wird Leonardo ihm seine Dienste als Kriegsingenieur und Künstler angeboten haben. Denn auf solche mündliche Unterredungen deutet der Inhalt eines merkwürdigen Schriftstückes, das sich in den hinterlassenen Manuskripten Leonardos und zwar in dem berühmten Codex atlanticus in der Ambrosianischen Bibliothek in Mailand erhalten hat und als der Entwurf eines Briefes anzusehen ist, den Leonardo zur fertigen, die zu einem solchen Unternehmen gehören.

3. Ebenso, wenn wegen der Höhe eines Walles oder wegen der Stärke eines Ortes und dessen Lage bei einer Belagerung die Thätigkeit der Bombarden (Kanonen) nicht angewendet werden kann, so habe ich Mittel, jeden Turm oder andere Befestigung zu zerstören, es sei denn, daß sie auf Felsboden gegründet wären.

4. Noch weiß ich eine Art von Bombarden, die sehr bequem und leicht zu tragen sind und mit denen man Hagel von Geschossen schleudern kann. Und mit dem daraus entstandenen Rauche verursachen sie den Feinden großen Schrecken, zu dessen großem Schaden und Verwirrung.

5. Ebenso weiß ich unter der Erde Höhlen und enge, gewundene Gänge anzulegen, die ohne Geräusch gemacht werden können und mit denen man zu einem bestimmten Ziele gelangen kann, wenn man auch unter Gräben oder unter einem Flusse passieren müßte.

6. Auch mache ich sichere und unverletzliche bedeckte Wagen, welche, mit ihrem Geschütz unter die Feinde geratend, auch die allergrößten Heeresmassen zum Weichen bringen können, und hinterher kann die Infanterie ganz sicher und ohne irgend ein Hindernis nachfolgen.

7. Ferner, wenn es nötig ist, mache ich Bombarden, Mörser und leichtes Feldgeschütz von sehr schöner und zweckmäßiger Form und gar nicht im gemeinen Gebrauch bekannt.

8. Wo die Thätigkeit der Bombarden nicht angewendet werden kann, werde ich Steinwurfmaschinen zusammensetzen, sowie Schleudern, Ballisten und andere Instrumente von wunderbarer Wirkung und ganz außergewöhnlicher Art, mit einem Worte, je nach der Verschiedenheit der Fälle werde ich verschiedene Angriffswaffen machen.

9. Und bei vorkommenden Fällen weiß ich zum Gebrauch auf dem Meere viele Instrumente, die zum Angriff wie zur Verteidigung sehr geeignet sind, und Schiffe, die der Gewalt jeder, auch der größten Bombarden Widerstand leisten können, sowie auch Staub und Rauch hervorzubringen geeignet sind.

10. In Friedenszeiten glaube ich im Vergleich mit jedem anderen sehr gut in der Baukunst Genüge zu leisten, sowohl in der Errichtung von öffentlichen und Privatgebäuden als auch in der Leitung des Wassers von einem Orte zum anderen.

Ebenso werde ich in der Marmor-, Bronze- und Thonskulptur arbeiten und ebenso in der Malerei alles leisten, was

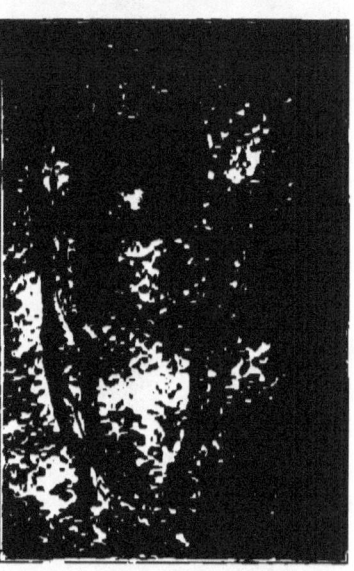

Abb. 37. Anatomische Studien. In der Akademie zu Venedig.
(Nach einer Originalphotographie von Braun, Clément & Cie. in Dornach i. E. und Paris.)

nur im Vergleich mit jedem anderen, wer er auch sei, geleistet werden kann. Noch werde ich auf das Bronzepferd meine Arbeit verwenden können, welches ein unsterblicher Ruhm und ewiges Ehrendenkmal des gesegneten Andenkens Eures Herrn Vaters und des berühmten Hauses Sforza sein wird.

Und wenn jemandem einige der vorbenannten Dinge unmöglich und unausführbar erscheinen sollten, so erbiete ich mich mit der größten Bereitwilligkeit, die Probe davon in Eurem Park oder an jedem anderen Orte zu machen, der Eurer Excellenz genehm ist, welcher ich mich mit der größtmöglichsten Ergebenheit empfehle."

Leider ist der Brief, der, wie oben bemerkt worden, nur noch im Entwurfe vorhanden ist, nicht datiert. Aber gewisse Wendungen deuten darauf hin, daß Leonardo ihn unmittelbar nach der Heimkehr nach Florenz geschrieben haben muß, um einige schon im Gespräch berührte Dinge eingehender zu erörtern und durch ausgiebige Versprechungen den Herrscher Mailands zu seiner schnellen Berufung zu bewegen. Lodovicos Augenmerk war damals darauf gerichtet, durch die Begründung einer starken Militärmacht seine Herrschaft zu sichern und namentlich gegen etwaige Angriffe von außen zu schützen, andererseits aber auch, seine Dynastie, wenn auch nicht in den Herzen, so doch vor den Augen des Volkes durch Errichtung eines großartigen Grabdenkmals seines Vaters, des ritterlichen Francesco Sforza, in Gestalt eines Reiterstandbildes zu befestigen. Von solchen kriegerischen und friedlichen Dingen

mag in den Gesprächen Lodovicos mit dem jungen Florentiner die Rede gewesen sein, und daß dieser wirklich der Mann war, seine Versprechungen wahr zu machen, erfahren wir aus der fast unübersehbaren Fülle von Zeichnungen, die sich in den Handschriften Leonardos vorfinden, die in Mailand, Paris und London aufbewahrt werden. Für jede der Kriegsmaschinen, der Verteidigungs- und Angriffswaffen, für alle Einzelheiten des Festungs-, Minen- und Wasserbaues, der Ingenieurkunst und der Maschinenkonstruktion, die Leonardo in seiner Denkschrift aufzählt, bieten sich in seinem schriftstellerischen und künstlerischen Nachlaß mehrfache Belege. Jetzt wissen wir, womit Leonardo in Florenz einen großen Teil seiner Zeit ausgefüllt hat und weshalb seine Auftraggeber vergebens auf die Vollendung der bestellten Gemälde warten mußten. Während er mit scheuer Ehrfurcht vor den Werken des Schöpfers jedem Tier, jeder Blume, jeder Pflanze und jedem Blatt nachging, um gleichsam ins Innere der Natur zu dringen, beschäftigte sich sein Hirn zu gleicher Zeit mit der Erfindung der furcht-

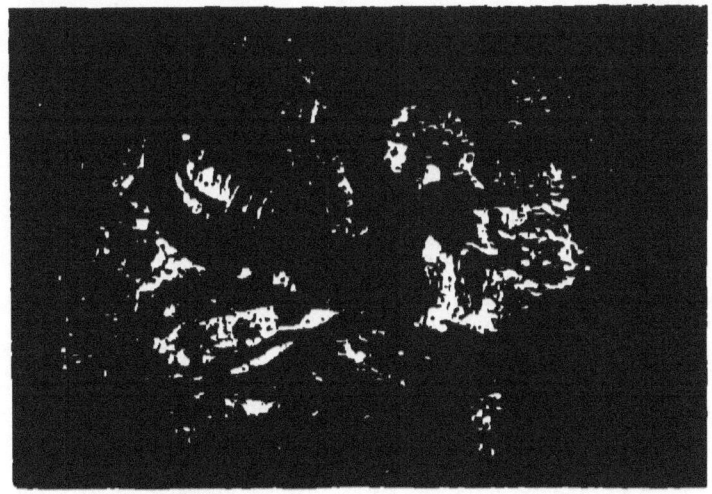

Abb. 81. Drache im Kampf mit einem Löwen. In den Uffizien zu Florenz.
(Nach einer Originalphotographie von Braun, Clément & Cie in Dornach i. E. und Paris.)

Abb. 39. Altitudie. In der Ambrosianischen Bibliothek zu Mailand.
(Nach einer Originalphotographie von Braun, Clément & Cie. in Dornach i. E.
und Paris.)

barsten Mordwerkzeuge und Zerstörungs-
maschinen, wobei er sich die Kraft des
Dampfes unterthänig macht. Es gibt sogar Zeichnungen von ihm, die darauf hin-
deuten, daß er sich an dem Bau von
Schiffen versuchte, die durch Dampfkraft bewegt werden konnten.

Es liegt außerhalb des Rahmens dieser
Studie, auf Leonardos Bedeutung als Erfinder, als Kriegsingenieur, Mechaniker,
Naturforscher u. f. w. näher einzugehen,
zumal da alle seine tiefsinnigen Grübeleien
wohl schwerlich jemals zu praktischer Aus-
nutzung gekommen sind und auch nicht be-
fruchtend auf die spätere Zeit eingewirkt
haben, da seine Handschriften erst in neuester
Zeit durch den Druck vervielfältigt worden
sind. Man erfährt daraus, daß Leonardo
schon vieles gewußt hat, was erst drei
Jahrhunderte später zum Gemeingut der
Menschheit geworden ist. Im übrigen teilt
er aber das Schicksal vieler Entdecker, denen
Unzufriedenheit mit sich selbst oder die Un-
gunst der Zeiten die Ausbeutung ihrer
Entdeckungen verhindert haben. Nur zum
Beweise dafür, daß die Versprechungen, die
Leonardo dem Herrscher Mailands gemacht

hat, wirklich die Ergebnisse langwieriger
Studien und Versuche gewesen sind, reprodu-
zieren wir aus der Menge der vorhandenen
Zeichnungen zwei, die zugleich als Illustra-
tionen der einzelnen Paragraphen in Leonardos Bewerbungsschrift dienen können.
Die eine (Abb. 28) bezieht sich auf den
vierten Abschnitt des Briefes, worin von
leicht transportablen Bombarden die Rede
ist, die bei ihrer Explosion kleine Kugeln
von sich schleudern und dadurch eine große
Panik unter den Feinden hervorrufen. Man
sieht auch links eine explodierende Hohl-
kugel, und darunter zur Erläuterung von
der Hand Leonardos die Worte: „Kugel,
welche selbst läuft und dabei Feuergarben
sechs Ellen weit wirft." Entsetzt davon-
fliehende Krieger deuten die Wirkung des
Sprenggeschosses an, dessen Durchschnitt auf
der rechten Seite der Zeichnung gezeigt wird
mit der Erklärung: „Art und Weise, wie
die Kugel im Innern beschaffen ist, die
Feuergarben im Rollen herumwirft." Die
zweite Zeichnung (Abb. 29) ist wohl mit
dem siebenten Abschnitt des Leonardoschen
Sendschreibens in Verbindung zu setzen,
wo er von der Herstellung von Mörsern

und Feldgeschützen spricht. Wir blicken in den Hof einer Geschützgießerei, in dessen Hintergrunde zahlreiche fertige Kanonenrohre verschiedenen Umfangs, die größeren auf ihren Bettungen, ihrer weiteren Bestimmung entgegenharren. Eine solche Geschützbettung sieht man im Vordergrunde des Hofes auf Walzen liegen, und in der Mitte sind viele Männer beschäftigt, ein besonders großes Geschützrohr mit Hilfe eines Hebegerüstes und vieler Hebebäume auf einen Wagen zum Transport emporzuwinden.

Welche und wie viele von seinen kühnen Plänen Leonardo im Dienste des Lodovico ausgeführt hat, wissen wir zur Zeit nicht, da alle Handschriften des Meisters bei weitem noch nicht genügend durchforscht worden sind. Aus dem bis jetzt Gewonnenen geht aber so viel hervor, daß der Herrscher ihn unablässig in Atem hielt und daß alle Schilderungen, die Leonardo in Mailand das angenehme Leben eines Hofmannes führen lassen, der sich in der Gunst des Fürsten sonnte und nebenbei das Haupt einer Art von Kunstakademie war, in das Gebiet der Fabel zu verweisen sind. Aus den bis jetzt ausgebeuteten Handschriften geht vielmehr hervor, daß Leonardo mit den ihm mißgünstigen mailändischen Künstlern, die er seinerseits gründlich verachtete, oft einen harten Kampf um die Gunst des Fürsten zu bestehen hatte, daß Leonardo seine Zeit mit allerhand Aufträgen im Dienste Lodovicos, mit Ausführung von Festdekorationen, mit Wand- und Deckenmalereien, mit der Erfindung von mechanischen Vorrichtungen u. dergl. m. verzetteln mußte und darüber seine Hauptaufgabe, das Denkmal des Francesco Sforza, so sehr vernachlässigte, daß es sogar zu ernsten Zerwürfnissen zwischen ihm und den Fürsten kam. Das ging so weit, daß Lodovico einmal in Florenz Nachfrage nach einem Bildhauer halten ließ, der an Leonardos Stelle das Reiterdenkmal ausführen sollte.

Da die bis jetzt aufgefundenen Urkunden Leonardos Anwesenheit in Mailand erst im Jahre 1487 feststellen, hat man versucht, die Lücke zwischen 1482 und 1487 durch eine Reise Leonardos nach dem Orient bis nach Kairo auszufüllen, wofür aus seinen Schriften vermeintliche Belege beigebracht wurden. Eine sorgfältige Prüfung dieser Stellen, die sich allerdings auf Vorgänge und Personen in Konstantinopel, Armenien und Ägypten beziehen, hat aber ergeben, daß Leonardo diese Notizen in seinem Sammeleifer aus Reisebeschreibungen anderer, vielleicht auch aus mündlichen Mitteilungen von Reisenden zusammengestellt hat. Dagegen liegen mehrere Zeugnisse von Zeitgenossen vor, die es wahrscheinlich machen, daß Leonardo späte-

Abb. 40. Aktstudie. In der Ambrosianischen Bibliothek zu Mailand. (Nach einer Originalphotographie von Braun, Clément & Cie. in Dornach i. E. und Paris.)

Abb. 41. La belle Féronnière. Im Louvre zu Paris.
(Nach einer Originalphotographie von Braun, Clément & Cie. in Dornach i. E. und Paris.)

stens 1483 seinen Wohnsitz in Mailand hatte, um im Dienste Lodovicos seine vielseitigen Fähigkeiten zu verwerten oder vielmehr zu zersplittern. Von allen seinen Plänen, von allen Aufträgen, die er erhielt, ist eigentlich nur ein einziger ausgeführt worden: das berühmte Abendmahl im Refektorium des Klosters bei Santa Maria delle Grazie.

Die Ausführung des Reiterdenkmals für Francesco Sforza ist freilich zum großen Teil an dem unseligen Hange Leonardos zur höchsten Vollendung eines Werkes gescheitert, das nicht nur alles bisher Geschaffene übertreffen, sondern auch für die Nachwelt als etwas Unübertreffliches gelten sollte. Nach dem Zeugnis eines Zeitgenossen, eines künstlerisch gebildeten und für Leonardo besonders begeisterten Malteserritters, Namens Sabba Castiglione, hat der Künstler sechzehn Jahre an dem Denkmal gearbeitet, bis er es 1499, wo die Katastrophe über Lodovico hereinbrach, im Stiche lassen mußte. Er hat nach der

Überlieferung sogar zwei Modelle dafür geschaffen, die beide untergegangen sind. Das zweite, das der Ausführung zu Grunde gelegt wurde, hat noch existiert, als die französischen Truppen 1500 Mailand einnahmen. Damals soll es durch den Übermut der gascognischen Bogenschützen zerstört worden sein, die das Modell — wie es scheint, nur ein riesiges Pferd zu ihrer Zielscheibe machten. Wie sehr dem Künstler diese Arbeit am Herzen lag, beweisen die zahlreichen Skizzen und Einzelstudien, die sich in seinen Aufzeichnungen und auf zerstreuten Blättern vorgefunden haben. Er schwankte lange, ob er das Roß in bewegter Haltung, sich über einem besiegten Feinde aufbäumend, oder in ruhiger Gangart darstellen sollte, und zuletzt scheint er sich für ein gelassen vorwärts schreitendes Pferd entschieden zu haben. Auch die Gestaltung des hohen Fußgestells hat er nach seiner langsam tastenden Art von allen Seiten gründlich erörtert, und bei allen diesen Vorarbeiten vergaß er, wie oft, die Hauptsache und entdeckte plötzlich, daß sein nächstes Ziel das Studium der Anatomie des Pferdes wäre, das er dann auch so gründlich vornahm, daß ihm schließlich nicht der Reiter, sondern das Pferd der oberste Gegenstand seines Strebens wurde. Aus der großen Zahl seiner Zeichnungen, die sich auf das Denkmal selbst wie auf

Abb. 12. Dame mit dem Wiesel. In der Galerie des Fürsten Czartoryski in Krakau.
(Nach einer Originalphotographie von Braun, Clément & Cie. in Dornach i. E. und Paris.)

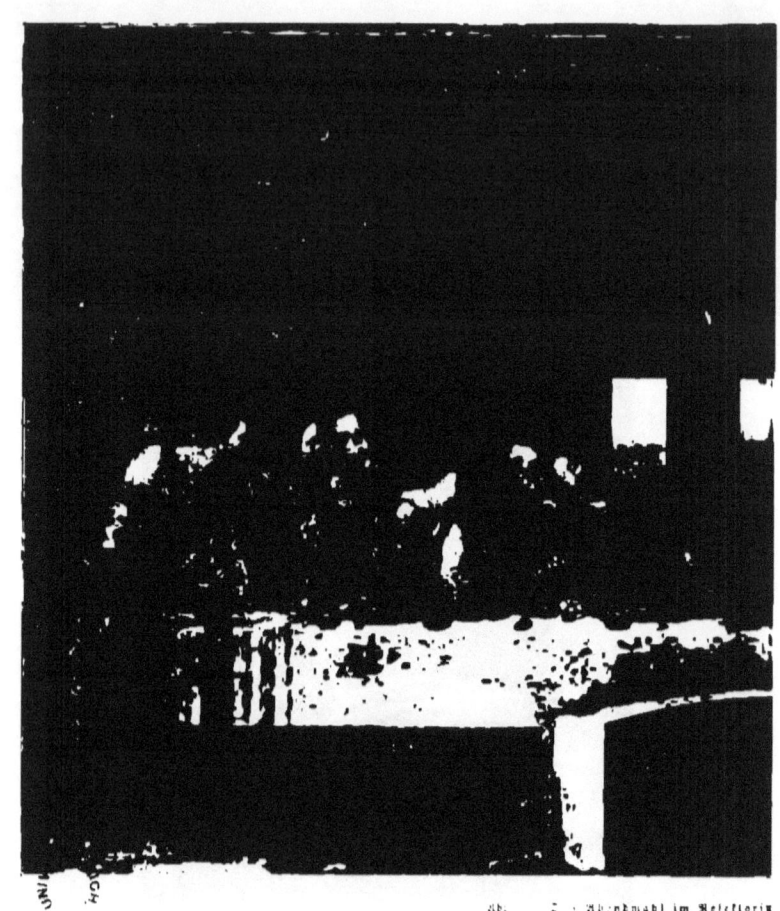

Abb. 2 · Abendmahl im Refektorium
(Weitere photographische Bilder

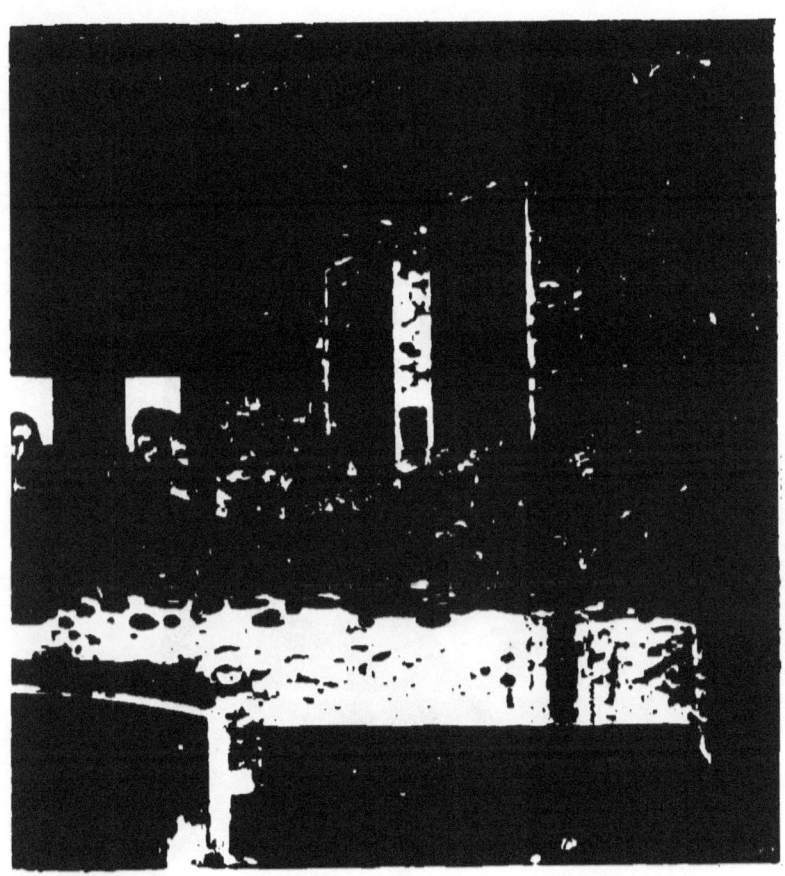

bei Santa Maria delle Grazie in Mailand.
(r des stark beschädigten Originals.)

die Vorstudien dazu, namentlich auf die Bewegungen und die Anatomie der Pferde beziehen, geben wir einige, besonders charakteristische wieder (Abb. 30—35). Man erkennt auch aus ihnen, wie die hochfliegende Phantasie des Künstlers mit seinem unstillbaren Durst nach Wissen, nach Erkenntnis der Wahrheit in ewigem Kampfe

gelassener Rosse gemacht hat. Seine Phantasie schweifte aber bald über das, was er wirklich vor Augen sah, hinaus. Nur im Kampf konnten die prächtigen Tiere ihre schönen Eigenschaften völlig entfalten, und so finden wir bereits unter den bloßen Naturstudien jenes Blattes Kämpfe von Reitern mit Ungeheuern, mit geflügelten

Abb. 44. Der Heiland der Welt. Von Marco d'Oggionno.
In der Galerie Borghese zu Rom.
(Nach einer Photographie von Anderson, Rom.)

lag. Während er mit der Feder das Roß des Reiters die gewagtesten Sprünge machen ließ, suchte er zugleich durch Studien an lebenden Modellen zu ergründen, wie sich die kühne Bewegung im Einklang mit der Natur zu gestalten hätten. Wenn wir die Zeichnung im Schloß Windsor (Abb. 32) betrachten, drängt sich die Annahme auf, daß Leonardo seine Studien in einer Reitbahn oder auf einem Tummelplatz frei

und ungeflügelten, in deren Erfindung Leonardos Phantasie schon von Jugend auf schwelgte, wenn auch immer in gewissem Anschluß an die Natur, indem er seine abenteuerlichen Bildungen aus verschiedenen Teilen von wirklichen Tierkörpern zusammensetzte. Zwei solcher Kämpfe von Reitern mit Ungeheuern finden wir auf einem Blatt der Ambrosianischen Bibliothek in Mailand dargestellt (Abb. 33).

Bei diesen Nebenbeschäftigungen ist Leonardo sozusagen vom Hundertsten ins Tausendste geraten, so daß er geraume Zeit sich in der Erfindung phantastischer Tiere nicht genugthun konnte. Man denkt dabei an die Erzählungen Vasaris, nach denen Leonardo schon in Florenz Wundertiere konstruiert habe, die er durch künstliche Vorrichtungen in Bewegung zu setzen wußte und die er dann in den Weinkäulen losließ, um sich an dem Schrecken der Bauern zu ergötzen. Aus diesen Beschäftigungen ist auch wohl die Zeichnung in den Uffizien zu Florenz erwachsen (Abb. 38), die den Kampf eines Drachen mit einem Löwen darstellt. Rührt sie nicht, wie einige Forscher behaupten, von Leonardo selbst her, so ist sie doch sicherlich auf ein Original oder eine Skizze von seiner Hand zurückzuführen.

Leonardos Pferdestudien beruhten aber nicht bloß auf der künstlerischen Beobachtung, auf dem Zeichnen aus dem Handgelenk, wie man heut sagen würde, sondern auf streng wissenschaftlicher Grundlage. Vasari erzählt, daß er von Jugend auf eine solche Leidenschaft für schöne Pferde gehabt, daß er immer einige in seinem Stalle gehegt habe. Den Knochenbau und die Anatomie der Pferde hat er aber erst während seines Aufenthalts in Mailand gründlich kennen gelernt. Im benachbarten Pavia hatte er in dem aus Verona stammenden, schon genannten Professor Marcantonio della Torre einen Freund gewonnen, mit dem er sich bald in gemeinsamer Arbeit zusammenfand. Leonardo zeichnete die erläuternden Abbildungen zu della Torres Werken über den Knochenbau und die Anatomie der Pferde und der Menschen, und so ward er, wie die Ärzte unseres Jahrhunderts dankbar anerkannt haben, der „Begründer der bildlichen Anatomie." Der Pferdekopf (Abb. 34) und die beiden anatomischen Muskelpräparate (Abb. 37) sind Zeugnisse dieser Arbeiten, aus denen später so gründliche Modellstudien erwachsen konnten, wie sie die Abbildungen 35 und 39 zeigen.

Mit dem Sforzadenkmal steht vielleicht auch die Zeichnung eines gewappneten Reiters, der in der rechten Faust eine Turnierlanze hält (Abb. 35), und das Profilbrustbild eines trotzig vorwärts blickenden Kriegers mit einem Prunkhelm auf dem Haupte in Verbindung (Abb. 36). Die Physiognomie des Kriegers ist so individuell, so scharf in allen Einzelheiten durchgeführt, daß nicht, wie ein Leonardoforscher vermutet hat, der Helm, sondern der Mann darunter die Hauptsache ist. Wir haben nicht den Entwurf zu einem Prachthelm, den Lorenzo von Medici oder Lodovico irgend einem zum Geschenk machen wollte, sondern eine zur Furcht zwingende Persönlichkeit vor uns, einen der Condottieri im Stile des Colleoni, dessen Reiterbild für Venedig Leonardo in der Werkstatt Verrocchios hatte entstehen sehen. Etwas dem Ähnliches hatte er schaffen wollen, nur noch gesteigert ins Übermenschliche.

Für den Historiker, der sich auf monumentale Urkunden stützen will, ist das Sforzadenkmal in Leonardos Leben ein psychologisches Moment, aber kein Mittel, um seine Fähigkeiten als Bildhauer zu beurteilen. Auch das, was Leonardo als Baumeister geleistet hat, ist nicht mehr nachzuweisen. Nachdem Lodovico einmal Künstler wie Leonardo und Bramante an seinen Hof gefesselt hatte, mußte er ihnen auch Aufträge über Aufträge geben. Sonst hielten sie keinen Frieden, und Leonardo selbst gehörte keineswegs zu den Friedfertigen. Er hatte eigentlich Mißtrauen gegen jedermann, und aus seinen Aufzeichnungen geht hervor, daß er leider nur zu viel Grund dazu hatte. Seine Diener und Lehrlinge bestahlen den sorglosen Junggesellen, der nur seinen Studien und Arbeiten lebte, in der unverschämtesten Weise, und Leonardo war zu sehr Italiener und nicht Philosoph genug, um sich über solche Kleinigkeiten mit Seelenruhe hinwegzusetzen. Aus seinen Tagebuchnotizen klingt noch die Erbitterung nach, die der ihn zeiner Spitzbubenstreich eines Dieners oder Lehrlings erfüllte. So machte ihm ein zehnjähriger Bursche Namens Giacomo viel Ärger. Einmal stahl er seinem Meister ein türkisches Fell, das diesem zu einem Paar Stiefel geschenkt worden war, und als Leonardo den Verlust merkte, kam es heraus, daß der kleine Dieb das Fell an einen Schuhmacher für zwanzig Soldi verkauft und den Erlös für Anisonfekt verthan hatte. Ein anderes Mal gab Giacomo eine Gastrolle als Taschendieb in einem fremden Hause. Leonardo wurde vom Herzog und allen seinen Verwandten nicht bloß als

Nach einer Originalphotographie von Braun, Clément & Cie. in Dornach i. E. und Paris.

Künstler, sondern auch, wie wir bereits erwähnt haben, als Erfinder und Ordner von Festlichkeiten aller Art benutzt, wozu er dekorative Anordnungen treffen, provisorische Bauten errichten, Maschinen erfinden, Kostüme zeichnen und die Ausführung aller Einzelheiten überwachen mußte. So war er auch im Januar 1489 beschäftigt, im Hause des Galeazzo Sanseverino, des Schwiegersohns des Herzogs Lodovico, die Proben zu einem Turnier zu leiten, wobei einige Reitknechte in der Tracht wilder Männer mitzureiten hatten. Während diese sich ausbleiben, um die Kostüme anzuprobieren, machte sich Giacomo mit den Kleidern des einen zu schaffen und stahl ihm die Geldstücke aus der Tasche. Ähnliche Verdrießlichkeiten sind Leonardo später noch so oft begegnet, daß man sich nicht wundern kann, wenn er bald zu einem Menschenfeind und Menschenverächter wurde, der sich abseits von jeder Geselligkeit hielt. Bei den großen Festlichkeiten, die in kurzen Zwischenräumen zur Vermählung des Gian Galeazzo Sforza, des Neffen Lodovicos, dann 1491 bei der eigenen Hochzeit des Herrschers mit Beatrice von Este und 1493 bei dem Hauptstreich seiner Politik, der Vermählung des deutschen Kaisers Maximilian mit seiner Nichte Bianca Maria Sforza, von Leonardo erdacht und geleitet wurden, stand der Künstler im Hintergrunde als der Regisseur, der die Fäden leitete. Er wurde kaum beachtet, und mit der Bezahlung hatte er oft große Schwierigkeiten, da bei Lodovico das bare Geld knapp war und er darum seine Diener gern mit Anweisungen auf Zölle bezahlte, die sie dann selbst einzutreiben hatten.

Mit dem Dombau ging es auch nicht recht vorwärts, und wenn Leonardo, wie allerdings aus den Urkunden hervorgeht, dabei beteiligt gewesen ist, so hat er eben nur wie andere Gutachten abgegeben. Der erste Baukünstler Mailands war damals Bramante, der Großmeister der lombardischen Renaissance. Er war, gleich Leonardo eine groß geartete, einsam auf sich selbst gestellte Natur, und es scheint, daß sich die beiden großen Männer eher abgestoßen als angezogen haben.

In den Notizen Leonardos ist wenigstens bis jetzt kein Wort über Bramante gefunden worden, obwohl er sorgfältig alle Personen verzeichnet, mit denen er irgend etwas zu thun hat. Von einem will er ein Buch kaufen, von einem anderen eine Aufklärung über eine mathematische Berechnung haben, und von dem dritten will er sich eine Zange holen, mit der man sehr leicht die Nägel herausziehen kann. Von hervorragenden Kunstgenossen hört man nichts in seinen Aufzeichnungen. Nur in seinen Beschwerdeschriften grollt er bisweilen über die für ihn namenlosen Leute, die nichts können, und darunter mag der eigenwillige, von starkem Selbstbewußtsein erfüllte Mann auch Bramante gemeint haben.

Trotzdem glaubt Müller-Walde, der sich die Erforschung der Werke Leonardos zur Lebensaufgabe gemacht hat, Spuren gefunden zu haben, die auf ein Zusammenwirken der beiden Meister deuten. Nach Überwindung großer Schwierigkeiten ist es ihm gelungen, in dem alten Kastell von Mailand, dem Herrschersitze Lodovicos, das lange Zeit als Kaserne gedient hat und jetzt in ein städtisches Museum umgewandelt wird, unter der Tünche Reste von Wandmalerei zu entdecken, deren Figuren er zum Teil auf Leonardo zurückführt, während die architektonische Einteilung der Wandflächen und die ornamentalen Füllungen, die die Figuren umrahmen, nach seiner Meinung von Bramante herrühren. Das Hauptstück dieser figürlichen Malereien ist die mächtige Gestalt eines Merkur, der, mit der Linken auf einen lanzenartigen Stab gestützt, an einer Wand der „Sala del Tesoro" (des Schausaales für die Schätze des Herzogs) gleichsam Wache über den darin aufgestellten Kostbarkeiten hält. Eines Leonardo würdig wäre diese sorgfältig durchgebildete, von gründlicher Kenntnis des menschlichen Körpers zeugende Gestalt wohl; da aber leider der Kopf, das für Leonardos Urheberschaft immer entscheidende, völlig zerstört ist, muß diese Frage bis zur völligen Freilegung der übrigens in wenig dauerhafter Technik ausgeführten Wandbilder offen bleiben. Auch in einem anderen Raum des Kastells, dem sogenannten „Kabinett der Liebesgötter", hat Müller-Walde an der Deckenwölbung eine Reihe von acht Amoretten gefunden, von denen er sieben ebenfalls als eigenhändige Arbeiten Leonardos erklärt hat.

(Nach einer Originalphotographie von Braun, Clément & Cie. in Dornach i. E. und Paris.)

Abb. 17. Jacobus der Jüngere.
(Nach einer Originalphotographie von Braun, Clement & Cie. in Dornach i. E. und Paris.)

4*

Nach einer Originalphotographie von Braun, Clement & Cie. in Dornach i. E. und Paris.)

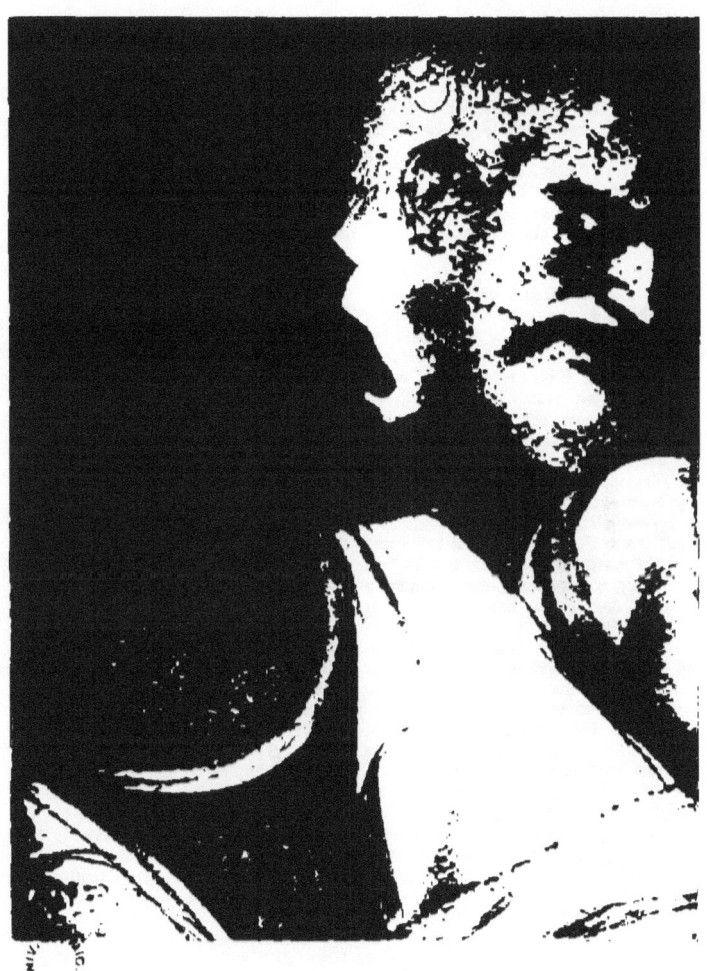

Nach einer Originalphotographie von Braun, Clément & Cie. in Dornach i. E. und Paris.)

Daß Lodovico eine Kraft wie die Leonardos nach allen Richtungen ausgenutzt hat, ist bei seinem rücksichtslosen Charakter unzweifelhaft, und darum spricht die Wahrscheinlichkeit dafür, daß der Meister auch zur inneren Ausschmückung des Kastells herangezogen worden ist. Einige Notizen in seinem Tagebuche scheinen auch unmittelbar darauf hinzudeuten; aber bei seiner rätselhaften Ausdrucksweise lassen sich daraus noch keine zwingenden Schlüsse ziehen, und eine Schilderung seines Wirkens, die sich nur auf feste Grundlagen stützen will, muß vorläufig allem Zweifelhaften aus dem Wege gehen. Auch den Bildnissen, die Leonardo in seiner ersten Mailänder Zeit gemalt haben soll. Es handelt sich auch dabei um Galanterien, die dem Machthaber von Mailand galten, der wie alle großen und kleinen Tyrannen der Renaissancezeit in seinen Neigungen sehr wandelbar war. Obwohl er seine ihm nach siebenjähriger Ehe entrissene Gemahlin Beatrice von Este zärtlich geliebt haben und über ihren Verlust untröstlich gewesen sein soll, suchte er Zerstreuung auch bei anderen Damen, von denen uns zwei genannt werden: Emilia Gallerani und Lucrezia Crivelli. Mit dem Bildnis der ersteren soll Leonardo Lodovicos Gunst noch mehr erworben haben als durch seine ernsthafteren Leistungen, und daß er die Gallerani wirklich gemalt hat, ersehen wir aus einem Brief der Markgräfin Isabella von Mantua aus dem Hause der Este, die so vorurteilslos war, daß sie 1498 von der Gallerani, der Nebenbuhlerin ihrer Schwester, ihr von Leonardo gemaltes Bildnis zur Ansicht ausbat. Ob Leonardo auch die Herzogin Beatrice selbst und die Crivelli gemalt hat, wird wohl behauptet, ist aber nicht urkundlich erwiesen. Die Ambrosianische Bibliothek in Mailand besitzt zwei Bildnisse: das eines jungen bartlosen Mannes in Dreiviertelansicht und das einer schüchtern die Augen senkenden, nur im Profil sichtbaren Frau, die lange Zeit als unbestrittene Werke Leonardos galten. Das weibliche soll Isabella von Arragon, die Gattin des Neffen Lodovicos, Gian Galeazzo Sforza, nach anderen seine Schwester Bianca Maria Sforza darstellen, die 1493 in Mailand unter großem Pomp mit Kaiser Maximilian vermählt wurde, während das männ-

liche früher sogar als ein Bildnis des Lodovico il Moro angesehen wurde. Aber ebensowenig wie die Identität der dargestellten Persönlichkeiten ist die Urheberschaft Leonardos erwiesen. Beide Bildnisse — das männliche ist unvollendet — sind nicht einmal von einer Hand gemalt, und wenn das weibliche auch einer großen Anmut der Auffassung und Zartheit in der Durchführung nicht entbehrt, so sieht es bei weitem nicht auf der Höhe, die Leonardo in seiner Mailänder Zeit bereits erreicht hatte. Nach der Meinung Morellis ist dieses Bildnis vielmehr von einem gewissen Ambrogio de Predis, dem Porträtmaler des Hofes, gemalt, der zwar ein Altersgenosse Leonardos war, aber von diesem, wie die meisten Mailänder Maler jener Zeit, stark beeinflußt wurde.

Was Leonardo wirklich als Bildnismaler in jener Epoche seines Lebens zu leisten vermochte, zeigt das unter dem Namen der „belle Féronnière" weltbekannte Frauenporträt im Louvre, um das die Legende ebenso ihre Fäden gesponnen hat, wie um das weibliche Bildnis in der Ambrosiana (Abb. 41). Sie soll die Geliebte des Königs Franz I. von Frankreich gewesen sein, in dessen Besitz sich das Werk befunden hat, und seinen Namen hat das Bildnis von ihrem Gatten, einem gewissen Féron erhalten. Als Leonardo nach Frankreich kam, war die Gattin Férons aber bereits gestorben. Nach einer anderen Überlieferung, die ebenso wenig stichhaltig ist, soll das Bild die Markgräfin Isabella von Mantua, nach einer dritten die Geliebte Lodovicos, Lucrezia Crivelli, darstellen, eine geistvolle Person, zu der der Herzog nach dem Tode seiner Gattin Beatrice (1497) von neuem in enge Beziehungen getreten war. Aber gewisse Merkmale deuten darauf hin, daß Leonardo, als er dieses Bild malte, noch in den Überlieferungen der florentinischen Schule steckte. Es muß also zu Anfang der achtziger Jahre, bald nach der Ankunft Leonardos in Mailand entstanden sein. Trotz gewisser Schärfen in der Modellierung, die mehr plastisch als malerisch ist, und trotz der Härte der ohne Übergänge nebeneinander stehenden Lokalfarben, die noch keine Spur von dem berühmten „Sfumato" Leonardos, dem Verschwimmen der Farben und der

Abb. 50. Johannes.
(Nach einer Originalphotographie von Braun, Clément & Cie. in Dornach i. E. und Paris.)

Auflösung der Konturen in einen Licht-
nebel, zeigen, ist das Bild ein Meisterwerk
an sich. Wenn man nicht an den späteren
Leonardo, sondern nur an seine damalige
Umgebung in Florenz und Mailand denkt,
wird man schwerlich einen Meister namhaft
machen können, der imstande gewesen wäre,
die Seele eines Menschen so tief zu ergründen und in die Augen treten zu lassen,
wie es Leonardo bei dieser Frau mit dem
bezaubernden Blick gelungen ist, die jeden
Beschauer unwiderstehlich fesselt und ihm
einen unauslöschlichen Eindruck hinterläßt.
Die Stellung der nach rechts gewandten
Augen, die dem Beschauer, auch wenn er
sich abgewendet hat, noch nachzublicken
scheinen, hat zum Teil freilich dieses Wunder zu Wege gebracht; aber auch die fein
gewölbten Lippen umspielt ein Zug von
Anmut, von sonnigem und gelassenem Wesen, das für eine Frau von überlegenem
Geiste spricht. Auch daß das Bildnis keine
Hände sehen läßt, ist ein Zeugnis für seine
frühe Entstehungszeit. Erst in seiner späteren Mailänder Zeit ist Leonardo sich,
wie wir aus seinem Malerbuche wissen,
über die sozusagen geistige Mitwirkung der
Hände bei einem Bildnis klar geworden.

Diesem Mangel hat übrigens ein Mailänder Schüler oder Nachahmer Leonardos
abzuhelfen gesucht, indem er von jenem
Bilde eine verweichlichte und verwässerte,
gleichsam auf einen Soubretten- oder Kam-
merkätzchenton gestimmte Kopie anfertigte,
wobei er der jungen Frau ein Wiesel in
die Arme gegeben hat (Abb. 42). Als ein
Wiesel ist das Tier bis jetzt bezeichnet
worden. Wir dürfen aber wohl eher an
ein Hermelin denken, das als ein Symbol
der Reinheit und Unschuld galt, wie denn
auch ein solches Tier, freilich in einem
winzigen Exemplar, sich an die Brust der
Frau schmiegt, die auf Lorenzo Lottos be-
rühmtem Bilde „Triumph der Keuschheit"
ihre nackte Widersacherin in die Flucht
schlägt.

Über den Verlust so vieler Werke und
den fragwürdigen Zustand der wenigen
erhaltenen hebt uns aber der Trost hin-
weg, daß wenigstens von dem Hauptwerke
seiner Mailänder Zeit und seines Lebens
zugleich, das Leonardos Ruhm durch die
Jahrhunderte getragen und durch Nachbildungen unzählige Menschen erbaut, er-

hoben und zu weihevoller Andacht gestimmt
hat, ein Echo seiner ehemaligen Schönheit und Erhabenheit übriggeblieben ist.
Zu der Tragödie des Sforzadenkmals bildet die Tragödie des Abendmahls, das
Leonardo an der nördlichen Schmalwand
des zum ehemaligen Dominikanerkloster
Santa Maria delle Grazie gehörigen Re-
fektoriums malte, ein Seitenstück. Wir
wissen die Zeit nicht genau zu bestimmen,
die Leonardo auf die Ausführung dieses
gewaltigen Gemäldes — es ist 9 Meter
lang und $4^1/_2$ Meter hoch — verwendet
hat; aber es ist wahrscheinlich, daß er fast
während der ganzen Zeit seines Mailänder
Aufenthaltes daran gearbeitet hat und daß
seine Vollendung erst kurz vor 1499, vor
dem Sturze des Herzogs Lodovico, erfolgt
ist. In diesem Jahre erhielt er nämlich
einen Weinberg im Umfang von sechzehn
Ruten vor dem Vercellischen Thor geschenkt,
und man glaubt, daß diese Schenkung eine letzte Belohnung des Herzogs für die Vollendung
des Abendmahls gewesen sei. Auch würden mit diesem langen Zeitraum die Klagen
übereinstimmen, die die Mönche unablässig
über die Saumseligkeit Leonardos erhoben,
der auch hier wieder nach dem Höchsten
strebte und sich dabei im einzelnen niemals
genug thun konnte, und danach völlig be-
rechtigt erscheinen.

Daß wir heute nur noch eine Ruine
vor uns sehen, aus der uns der Abglanz
ehemaliger Hoheit wie durch einen grauen
Schleier entgegenschimmert, ist zum Teil
durch die von außen den Unbilden der
Witterung ausgesetzte Wand und die Be-
schaffenheit des Materials, zum Teil durch
die Experimentiersucht Leonardos mit neuen
technischen Prozeduren, zum größten Teile
aber durch den Unverstand, die Vernach-
lässigung und die grausame Zerstörungs-
wut späterer Jahrhunderte verursacht worden. Die Mauer besteht aus salpeter-
haltigen Steinen, die die aufgenommene
Feuchtigkeit absonderten und so dem Gemälde von rückwärts beikamen, und dieser
Grundfehler wurde noch durch mehrere
Überschwemmungen erhöht, die bis zu dem
Refektorium drangen. Da sich Leonardo
vermaß, hier etwas Außergewöhnliches zu
leisten, womit er alle Schöpfungen seiner
mailändischen Nebenbuhler tief in den
Schatten stellen wollte, begnügte er sich

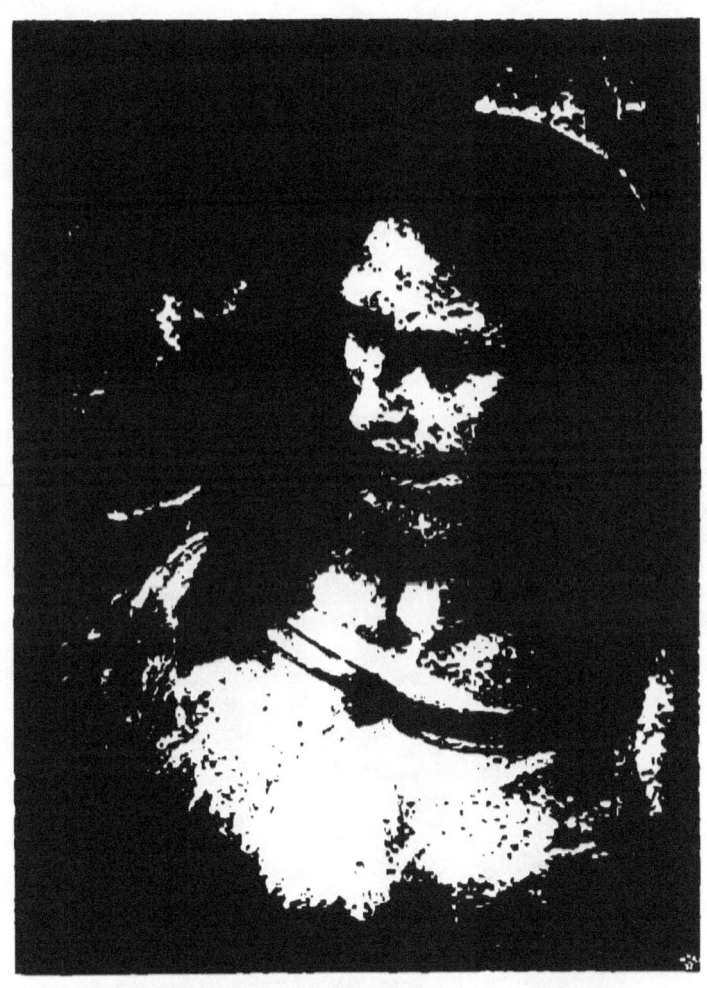

Abb. 51. Thomas und Jakobus der Ältere.
Abb. 46—51 nach den Pastellzeichnungen im Großherzoglichen Schlosse zu Weimar.
(Nach einer Originalphotographie von Braun, Clément & Cie. in Dornach i. E. und Paris.)

nicht mit der schlichten, aber sicheren Fresko-technik, sondern er wandte, zum erstenmal bei einem Wandgemälde solchen Umfangs, die Ölmalerei an, weil er nur ihr die feinen und zarten Wirkungen des Hell-dunkels, die verschwimmende Weichheit in der Modellierung der Köpfe und ihres Zu-sammenspiels mit dem Hintergrunde, die damals schon sein malerisches Ideal waren, abgewinnen zu können meinte. Daß er dieses Ideal erreicht hat, beweist uns die einmütige Begeisterung der Zeitgenossen, beweist uns die große Zahl der Kopien, die die Schüler und Nachahmer Leonardos schon in den ersten Jahrzehnten des XVI. Jahrhunderts danach anfertigten, und eine Zeitlang scheint das Bild auch die ur-sprüngliche Farbenpracht behauptet zu haben. In dieser hat es noch Franz I., Leonardos edler Beschützer, als er nach der Schlacht bei Marignano am 16. Oktober 1515 als Sieger nach Mailand kam, bewundert, und trotz seiner noch unsicheren Lage faßte der be-geisterte Kunstsammler den für damalige Zeiten unerhört kühnen Plan, es von der Wand loslösen, es auf Leinwand übertragen und nach Frankreich bringen zu lassen. Um die Mitte des XVI. Jahrhunderts machte sich aber bereits, wie wir von Leo-nardos Mailänder Biographen Lomazzo

Abb. 31. Christuskopf. Nach der Farbzeichnung in der Brera zu Mailand.
(Nach einer Originalphotographie von Braun, Clément & Cie. in Dornach i. E. und Paris.)

Abb. 58. Studie zum Judaskopf für das Abendmahl.
Nach der Zeichnung im Schlosse zu Windsor.
(Nach einer Originalphotographie von Braun, Clément & Cie. in Dornach i. E.
und Paris.)

erfahren, die durch die Einflüsse der feuchten Wand und die geringe Dauerhaftigkeit der Technik verursachten Schäden stark bemerkbar, und als Vasari 1566 das Abendmahl sah, nannte er es einen „blind gewordenen Farbenflecken". Lag also schon in dem Werk selbst ein innerer Keim der Zerstörung, so kamen seit dem XVII. Jahrhundert äußere Gewaltthaten hinzu. Man begreift es nicht, daß die Mönche selbst die erste Hand anlegten, indem sie zu größerer Bequemlichkeit des Verkehrs mit der Küche eine zu ihr führende Thür unter der Gestalt Christi durchbrechen ließen, wodurch nicht nur die Füße des Heilandes beseitigt wurden, sondern auch das ganze Bild Schaden litt. Später wurde sogar über der Thür ein kaiserliches Wappenschild angenagelt, das den Heiland ganz oder doch zum größten Teile bedeckte. In der Zeit von 1726 bis

1870 gerieten dann unfähige Restauratoren über das Bild, die, bevor sie ihre Übermalung begannen, die noch vorhandenen Reste der Ölfarbe Leonardos entfernten. Als dann 1796 die Franzosen in Mailand einzogen, benutzten sie das Refektorium zuerst als Pferdestall, später als Heumagazin und als Gefängnis, obwohl Napoleon das Werk ausdrücklich dem Schutze seiner Soldaten empfohlen haben soll, und so war es den Nachkommen der französischen Bogenschützen, die drei Jahrhunderte zuvor das Modell zum Sforzadenkmal zerstört hatten, beschieden, auch dem zweiten Meisterwerke Leonardos den letzten Rest zu geben. In unserem Jahrhundert hörte die Mißhandlung der Ruine auf. Man versuchte zwar abermalige Wiederherstellungen; aber man beschränkte sich doch im wesentlichen auf die Beseitigung späterer Über-

Abb. 54. Studie zum Philippuskopf für das Abendmahl.
Nach der Zeichnung im Schlosse zu Windsor.
(Nach einer Originalphotographie von Braun, Clément & Cie. in Dornach i. E. und Paris.)

malungen und auf die Erhaltung des Vorhandenen durch Bekämpfung der aus den Wänden dringenden Feuchtigkeit. Eine Ironie des Schicksals hat es gewollt, daß die große Kreuzigung, die ein mittelmäßiger mailändischer Maler der alten Schule, Giovanni Donato Montorfano, 1495 an der Südwand, gegenüber dem erloschenen Meisterwerke Leonardos, dargestellt hat, in allen Einzelheiten, namentlich aber in der Farbenwirkung, wohl erhalten geblieben ist. Unterhalb dieser Kreuzigung hat übrigens Leonardo den Herzog Lodovico, seine Gemahlin Beatrice und ihre beiden Söhne gemalt, von denen Vasari sagt, daß sie „göttlich gemacht" seien. Wir können auch davon nichts mehr genießen, da diese Bildnisse

bis auf wenige Spuren verschwunden sind, die man neuerdings auch noch durch ein Holzpaneel verdeckt hat.

Ist uns also von dem Urbilde nur ein Schatten übriggeblieben (Abb. 43), so sind uns die zahlreichen erhaltenen Kopien, von denen wir oben gesprochen haben, um so wertvoller, weil sie uns bis zu einem gewissen Grade zur Wiederherstellung der Komposition wie der ursprünglichen farbigen Erscheinung des Originals helfen können. Als die besten gelten die, die dem Marco d'Oggionno zugeschrieben werden, der schon um 1510 mit der Anfertigung dieser Kopien begonnen haben soll. Dieser Marco d'Oggionno, der von 1470 bis 1540 gelebt hat, war ein Schüler Leouardos während dessen ersten Mailänder Aufenthalts gewesen, und die Einwirkung seines Meisters auf ihn war so stark, daß er, wie seine Altarbilder in mailändischen Kirchen beweisen, niemals zu einer Selbständigkeit, zu einer eigenen Persönlichkeit hindurchgedrungen ist. Nichtsdestoweniger ist ihm die Ehre widerfahren, daß eines seiner Bilder, ein jugendlicher „Salvator mundi", ein Heiland der Welt, der in der Linken die Erdkugel hält und die Rechte segnend erhebt, drei Jahrhunderte lang für ein Meisterwerk Leonardos gehalten wurde (Abb. 44). Bei der Seltenheit der Bilder Leonardos, über die schon um die Mitte des XVI. Jahrhunderts geklagt wurde, und bei der freundlichen Milde und Hoheit, die dem Beschauer aus diesem edlen Jünglingsantlitze entgegenstrahlen, ist es begreiflich, daß es zu dieser Ehre gekommen ist. Papst Paul V. hatte es über seinem Bette aufhängen lassen und es war ihm ein schweres Opfer, als er sich zu Gunsten seines Neffen, des Kardinals Scipione Borghese, des Gründers der berühmten Galerie, der durchaus einen Leonardo haben wollte, von diesem Kleinod trennte. Um so vertrauenerweckender sind unter solchen Umständen die Kopien des Marco d'Oggionno nach dem Abendmahl, deren es mehr als ein halbes Dutzend gibt. Eine in gleicher Größe des Originals besitzt die Londoner Akademie, die freilich neuerdings einem anderen Schüler Leonardos, Boltraffio, zugeschrieben wird, eine zweite etwas kleinere das Louvre in Paris, zwei andere befinden sich in einem Kloster und im Ospedale Maggiore in Mailand, eine fünfte in der Brera daselbst, eine sechste, die wir zur Reproduktion ausgewählt haben (Abb. 45) in der Ermitage zu St. Petersburg. Von besonderer Wichtigkeit für uns ist auch

eine um die Mitte des XVI. Jahrhunderts entstandene Kopie, ein Freskogemälde in der Kirche von Ponte Capriasca im Kanton Tessin, weil jedem der Apostel sein Name beigeschrieben ist. Trotz der gewaltigen Charakterisierungskunst Leonardos würden wir ohne jene Beihilfe eines Malers, der noch eng mit der Überlieferung zusammenhing, über die Deutung der einzelnen Personen in Verlegenheit geraten. Die Zeitgenossen Leonardos waren darüber nicht im Zweifel. Wie ein feinsinniger Kunsthistoriker treffend bemerkt hat, waren sie den einzelnen Heiligengestalten noch nicht so entfremdet wie wir. „Man kannte ihre Legenden, man verband bestimmte Begriffe und Eigenschaften mit ihren Namen."

Außer den Kopien der ganzen Komposition besitzen wir noch ein anderes Hilfsmittel, um den ursprünglichen Zustande,

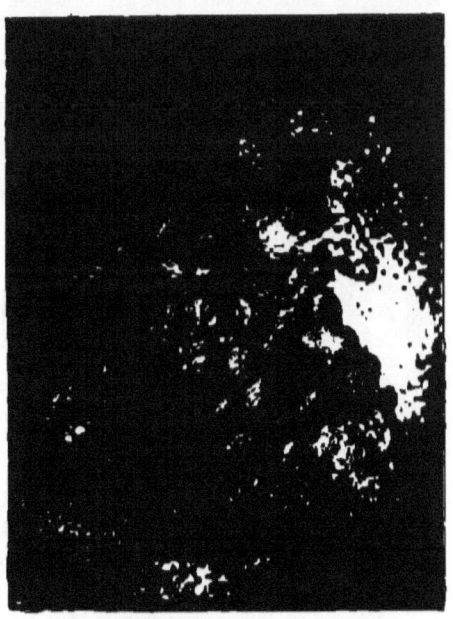

**Abb. 45. Studie zu einem Apostelkopf.**
Nach der Zeichnung im Schlosse zu Windsor.
(Nach einer Originalphotographie von Braun, Clément & Cie.
in Dornach i. E. und Paris.)

dem Geiste des Originals näher zu kommen. Es sind die berühmten zehn auf acht Blättern in Pastell gezeichneten Köpfe und Brustbilder von Aposteln, die sich im Großherzoglichen Schlosse zu Weimar befinden, wohin sie aus der Sammlung des Königs Wilhelm II. der Niederlande in den Besitz seiner Tochter, der kürzlich verstorbenen Großherzogin von Sachsen-Weimar, gekommen sind (Abb. 46—51). In einer Zeit, die weniger kritisch, dafür aber begeisterungsvoller als die unserige war, galten sie als eigenhändige Studien Leonardos für sein Gemälde, und man bedauerte immer, daß der Kopf der Hauptfigur, des Christus selber, in der Reihe fehlte. Man übersah vor lauter Enthusiasmus, daß in einige dieser Blätter Teile der Nebenmänner, Hände und Schultern, hinübergreifen, daß also keine Vorstudien Leonardos, sondern nur spätere Kopien vorliegen können, deren Urheber vielleicht nicht einmal das Wandgemälde selbst gesehen hat. In neuester Zeit sind diesen Zeichnungen nämlich Nebenbuhler in sechs ganz ähnlich behandelten, farbigen Kartons erwachsen, die, gleich den Weimarischen, aus englischem Besitz in die städtische Gemäldesammlung in Straßburg gekommen sind. Diese Kartons sind den Weimarischen Blättern nicht nur darin, daß sich auf ihnen das Brustbild Christi befindet, sondern auch künstlerisch weit überlegen, und ein genauer Vergleich hat sogar ergeben, daß die Weimarer Köpfe sehr wahrscheinlich verhältnismäßig späte, vielleicht gar moderne Kopien der Straßburger sind, die zeitlich dem Original sehr nahe stehen. Es ist zu vermuten, daß sie von einem jener Schüler Leonardos herrühren, die solche Hilfsmittel für eine Ölkopie des Wandgemäldes anfertigten.

Es ist auffällig, daß der Straßburger Christuskopf unbärtig ist, während er auf dem Originale von einem dünnen Kinnbarte umrahmt ist, und einen unbärtigen, mit Pastellstiften gezeichneten Christuskopf, der im übrigen mit dem auf dem Originale Leonardos übereinstimmt, besitzt auch die Brera in Mailand (Abb. 52). Er galt immer als eine eigenhändige Vorstudie Leonardos, und erst in neuerer Zeit hat die Kritik so viele Gründe gegen die Originalität auch dieses Kopfes geltend gemacht, daß die Meinung der Kunstforscher schwankend geworden ist. Man findet die Formen für Leonardo zu weichlich und verschwommen,

Abb. 56.  Studie zum Abendmahl.  Nach der Zeichnung in der Akademie zu Venedig.
(Nach einer Originalphotographie von Braun, Clément & Cie. in Dornach i. E. und Paris.)

7   Das Abendmahl

Nem Stiche von Raffael Morghen.

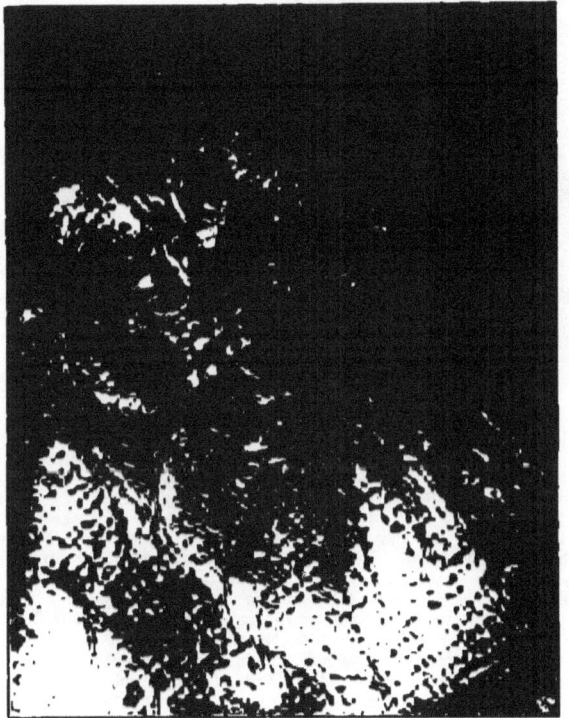

Abb. 53. Karikaturen. Nach einer Zeichnung in der Sammlung des Schlosses zu Windsor.
(Nach einer Originalphotographie von Braun, Clément & Cie. in Dornach i. E. und Paris.)

und wenn auch diese Eigenschaften auf die Rechnung fremder Hände zu schieben sind, die sich durch Übermalungen an dem an und für sich sehr reizvollen Blatte versündigt haben, so spricht doch eine glaubwürdige Überlieferung dagegen, daß dieses Christusideal, so wie wir es auf der Mailänder Zeichnung sehen, fertig dem Haupt und den Händen Leonardos entsprungen wäre. Wenn er wirklich so eingehende, so ganz gegen seine Gewohnheit gehende Detailstudien für das Abendmahl gemacht hätte, wie sie jene Apostelköpfe und dieses Christusbild darstellen, würde es völlig unbegreiflich sein, weshalb er so lange an dem Abendmahl gearbeitet hat. Es liegen sogar unverdächtige Zeugnisse vor, die gegen die Existenz solcher Vorstudien sprechen. Vasari erzählt, daß er den Kopf Christi unvollendet gelassen habe, weil er sich nicht zutraute, die himmlische Göttlichkeit wiedergeben zu können, die für ein Bildnis Christi erforderlich ist, und der Mailänder Lomazzo hat von den Zeitgenossen des Meisters erfahren, daß er vor Aufregung zitterte, wenn er an dem Kopfe Christi malte. Noch wichtiger ist die Erzählung eines Augenzeugen, des Mailänder Novellisten Bandello, der Leonardo oft besucht und beobachtet hat, wenn er an dem Abend-

Abb. 40.  Karikatur einer alten Frau.  In der Sammlung des Schlosses zu Windsor.
(Nach einer Originalphotographie von Braun, Clément & Cie.
in Dornach i. E. und Paris.)

mahle arbeitete. Er hatte es nach diesem
Bericht gern, wenn ihn seine Freunde und
Schüler besuchten und ihm offen ihre Meinung über sein Bild sagten. „Oft pflegte
er auch," so erzählt Bandello weiter, „und
ich habe ihn manchmal gesehen und beobachtet, sehr frühzeitig zu kommen und
auf das Gerüst zu steigen — denn das
Abendmahl ist etwas hoch über dem Fußboden angebracht —, dann pflegte er, sage
ich, von Sonnenuntergang bis in die sin-
kende Nacht den Pinsel nicht aus der Hand
zu legen, ja er vergaß des Essens und
Trinkens und malte in einem fort. Dann
kamen wieder zwei, drei und vier Tage,
an denen er keine Hand rührte, und doch
verweilte er eine, auch zwei Stunden des
Tages vor dem Bilde, bloß in Betrachtung
versunken, prüfend, vergleichend und seine
Figuren beurteilend. Ich habe ihn auch
gesehen, wie er, von irgend einer Laune
oder Grille angewandelt, zu Mittag bei
der größten Sonnenhitze aus dem alten
Schlosse, wo er sein wunderbares Reiterbild modellierte, davoneilte und flugs nach
delle Grazie kam, das Gerüst bestieg, den
Pinsel ergriff und einen oder zwei Pinsel-

striche an einer der Figuren dort an-
brachte, sodann machte er gleich wieder kehrt und ging von dannen."

Nach diesem Zeugnis eines Mannes, der ein volles Verständnis für
die Geheimnisse des künstlerischen
Schaffens, für das lange, unthätige
Ringen in einer Künstlerseele und die
dann blitzartig kommende Eingebung
besaß, dürfen wir auch den Anek-
doten trauen, die Vasari offenbar
nach der mündlichen Überlieferung,
die in Mailand lebendig geblieben
war, erzählt. Auch er berichtet, daß
Leonardo halbe Tage lang vor seinem Bilde in dessen Anblick versunken gestanden habe, ohne den
Pinsel in die Hand zu nehmen, und
da diese Unthätigkeit dem Prior miß-
fiel und Leonardo ihm auf seine Vor-
stellungen keine Antwort gab, ging
der geistliche Herr, der gewohnt war,
daß Arbeiter täglich ihr Pensum zu
leisten hätten, zum Herzog und führte
Beschwerde über den lässigen Maler.
Der Herzog ermahnte zwar diesen,
gab ihm aber zu verstehen, daß er
diese Mahnung nur auf den Antrieb des
Priors ausrichtete. Nun geriet Leonardo
in Eifer, und da er wußte, daß Lodovico
ein verständiger und kluger Herr war, setzte
er ihm auseinander, daß erhabene Geister
desto mehr zuwege bringen, je weniger
sie zu arbeiten scheinen, indem sie im Geiste
die Erfindungen suchen und die vollendeten
Ideen gestalten, die später die Hände zum
Ausdruck bringen und abbilden. Er fügte
hinzu, daß ihm zur Ausführung noch zwei
Köpfe fehlten: der Christi, zu dem er das
Vorbild auf der Erde nicht finden könne,
und der des Judas, der ihm auch noch viel
zu schaffen machte, weil er sich keine Form
zu erdenken vermöchte, unter der er das
Antlitz dessen darstellen könnte, der nach so
vielen empfangenen Wohlthaten die Stirn
gehabt hätte, seinen Herrn und den Schöpfer
der Welt zu verraten. Aber er würde nicht
mehr länger suchen. Wenn er keinen
besseren finden würde, so bliebe ihm ja
immer noch der Kopf des Priors als Modell übrig. Lodovico lachte, und der Prior
hütete sich vor neuen Klagen, um nicht
der Nachwelt in so fragwürdiger Gestalt
überliefert zu werden. Ein merkwürdiger

Zufall hat es gefügt, daß uns gerade die Vorstudie zum Kopfe des Judas in einer Kreidezeichnung erhalten worden ist, die den Verräter in der Stellung, die er auf dem Bilde einnimmt, aber noch bartlos zeigt (Abb. 53). Es ist gewiß in tiefer, symbolischer Absicht geschehen, daß Leonardo diesen Kopf auf dem Bilde in Schatten gelegt hat, während alle übrigen Köpfe von links oben ein helles Licht erhalten. Leonardo, der immer logisch dachte und malte, hat auch versucht, diesen Schatten, von dem man nicht weiß, von wannen er kommt, insofern zu begründen, als er den Kopf des Judas mehr über die Tafel vorgebeugt hat als die Köpfe seiner Tischgenossen, und auch die scharfe Wendung des Kopfes gegen Christus, die nur das Profil des Verräters sehen läßt, rechtfertigt den Gegensatz zu der Helligkeit der anderen Köpfe.

Außer dem Judaskopfe haben sich unter den Zeichnungen Leonardos bis jetzt nur wenige vorgefunden, die mit einiger Sicherheit als Vorarbeiten und Studien mit dem Abendmahl in Verbindung gebracht werden können. Ganz sicher ist eigentlich nur der Kopf des jugendlichen Philippus in der Windsorsammlung (Abb. 54), der auf dem Bilde als dritter zur Linken des Heilands steht und mit beiden Händen auf seine Brust weist, als wollte er sagen, daß in seinem Herzen kein Falsch säße, was auch die offenen, fast noch kindlichen Züge des Jünglings deutlich genug bezeugen. Vielleicht hat auch ein zweites Blatt in derselben Sammlung, der Kopf eines bärtigen Greises von ausgeprägt semitischem Typus (Abb. 55), als Vorarbeit zu einem der ältesten Apostel des Abendmahls gedient. Dann sind noch einige Feder- und Rötelzeichnungen im Louvre zu Paris, in der Windsorsammlung und in der Akademie zu Venedig zu erwähnen, von denen die beiden letzten insofern von Interesse sind, als sie uns die ungeheuere Kluft erkennen lassen, die zwischen diesen Vorstudien und dem

ausgeführten Gemälde liegt und die erst durch jene gewaltige Gedankenarbeit des Genius überbrückt worden ist. Auf beiden hält sich die Komposition noch an die alte florentinische Überlieferung, nach der Judas schon äußerlich als Verräter dadurch gekennzeichnet wurde, daß er seinen Platz von den übrigen abgesondert, an der inneren Langseite der Tafel, gegenüber dem Heiland erhielt, so daß er dem Beschauer den Rücken kehrte. Auf der Windsorzeichnung hatte Leonardo auch einen anderen Moment zur Darstellung gewählt, als er später zur Ausführung brachte. Der eine der Entwürfe — es sind zwei auf dem Blatte flüchtig mit der Feder skizziert — zeigt, wie Christus den Kelch mit Wein erhebt und, wie Matthäus berichtet, die Einsetzungsworte spricht: „Trinket alle daraus; dies ist mein Blut des neuen Testaments, welches für Viele vergossen wird zur Vergebung der Sünden." Daneben ist die Gestalt Christi noch einmal gezeich-

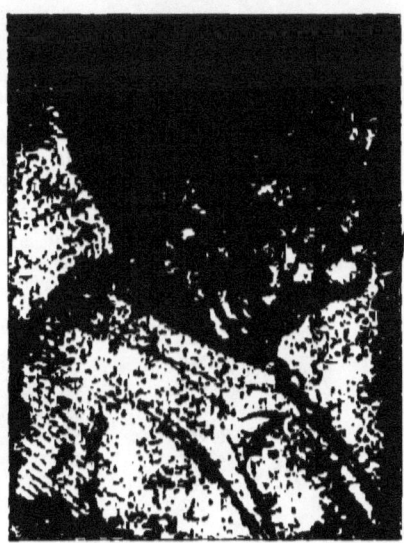

Abb. 60. Karikatur eines Greises. In der Ambrosianischen Bibliothek zu Mailand.
(Nach einer Originalphotographie von Braun, Clément & Cie.
in Dornach i. E. und Paris.)

Abb. 61. Karikatur eines alten Mannes.
In der Ambrosianischen Bibliothek zu Mailand.
(Nach einer Originalphotographie von Braun, Clément & Cie.
in Dornach i. E. und Paris.)

euch wird mich verraten." Auch die Neigung des Hauptes, in der Gelassenheit und Ergebenheit in den Willen des Vaters im Himmel einen wahrhaft idealen Ausdruck gefunden haben, ist bereits angedeutet.

Die befreiende Tat, die den großen Schritt von einer ausgelebten, abgestorbenen, noch in der überlieferung befangenen Kunst in die neue Welt höchster Kunstvollendung vollbrachte, geschah aber erst, als Leonardo in Mailand an die Wand trat, die sein Meisterwerk empfangen sollte. Wie er den Raum vor sich sah, wollte er, daß sein Bild als ideale Fortsetzung des Speisesaales die Wand gleichsam durchbrechen und den Mönchen über dem Genuß der irdischen Dinge den Blick ins Weite, ins Ewige eröffnen sollte. Der architektonische Rahmen seines Bildes sucht den wirklichen Raum zu erweitern. Der große Kenner der perspektivischen Gesetze läßt die Seitenwände in stumpfem Winkel auf die Hinterwand zulaufen, die durch drei Fenster durchbrochen wird, die einen Blick auf eine in sanftem Abend-

net; aber hier reicht er, nach dem Johannis-Evangelium, um den Verräter kenntlich zu machen, den in Wein getauchten Bissen Brot dem Judas, der sich von seinem Stuhle erhoben hat und sich schuldbeladen dem Heiland nähert. Auf der Zeichnung in Venedig (Abb. 56) hat

sonnenglanze ruhende, lombardische Gebirgslandschaft eröffnen. Es ist der ideale Hintergrund für die heldenhafte Ergebung des Heilandes, der sich allein wie ein Fels in der Brandung hält, die ihn umtobt. Jeder der Jünger trägt sein Temperament, seine Gesinnung, sein innerstes Empfinden

Christus aber bereits das erschütternde Wort gesprochen, das das Leitmotiv für das Wandgemälde im Refektorium geworden ist und wie ein Sturmwind unter die ahnungslosen Jünger fährt: „Wahrlich, wahrlich, ich sage euch, einer unter

Abb. 62. Karikaturen. In der Ambrosianischen Bibliothek zu Mailand.
(Nach einer Originalphotographie von Braun, Clément & Cie.
in Dornach i. E. und Paris.)

nicht bloß auf dem Antlitz, sondern auch mit den Händen seinem Herrn und Meister entgegen. Leonardo hat nach den Schriften der Apostel, der Evangelisten, der Kirchenväter jeden einzelnen dieser Männer nach ihrem Charakter zu erforschen gesucht, und selbst die kleinsten Züge hat er benutzt, um daraus etwas Lebendiges, etwas Persönliches zu gewinnen. Schon die Bewegungen der Hände unterscheiden den Mann der raschen, zornigen That von dem sanftmütigen Dulder, der bereit ist, dem Herrn in den Tod zu folgen, den Sanguiniker, der noch nicht recht an das Ungeheuerliche glauben will, von dem Skeptiker, der alles vorausgewußt hat und jetzt mit Genugthuung seine schwarze Ahnung erfüllt sieht. Die Beredsamkeit der Hände, die seit Leonardo keine rätselhafte Zeichensprache mehr ist, wird durch das Mienenspiel auf das höchste gesteigert. Jedes Antlitz ist das Spiegelbild eines seelischen Dramas. Von der lieblichen Idylle der Unschuld und Herzenseinfalt werden alle Stadien bis zur stärksten Erschütterung und bis zum tiefsten Sturz in jene Tiefen durchlaufen, wo selbst das tragische Mitleid mit unverschuldeten oder entschuldbaren Katastrophen seine versöhnende Kraft verliert. Viele Sünden sind vergeben und vergessen worden; aber die gewaltige Schuld, die Judas auf sich geladen hat, schreitet als ruheloses Nachtgespenst durch die Geschichte aller Völker, und die Sprache aller Völker hat für das nichtswürdigste aller Verbrechen keinen Ausdruck, der vernichtender ist, als wenn man den Namen Judas nennt. Keiner von den zahllosen Künstlern, die ihre Kraft an der Darstellung des Abendmahls versucht haben, hat diesen Verbrecher so tief ins Mark getroffen wie Leonardo. Und doch glaubte dieser noch nicht genug gethan zu haben, und so gab er dem Verräter noch den Beutel mit Silberlingen in die Hand. Es ist das einzige von

Abb. 63. Karikaturen. In der Ambrosianischen Bibliothek zu Mailand. (Nach einer Originalphotographie von Braun, Clément & Cie. in Dornach i. E. und Paris.)

außen her genommene Symbol, dessen sich Leonardo in dieser größten Seelenschilderung aller Zeiten bedient hat, zugleich das einzige Zeichen, das diese Darstellung des Abendmahls noch mit ihren typischen Vorgängerinnen verbindet. In der krampfhaften Erregung, mit der Judas den Beutel festhält, hat er das Salzfaß mit dem rechten Arme umgestoßen. Seit den Zeiten der alten Römer ist das eine üble Vorbedeutung, die bei einer Tischgesellschaft

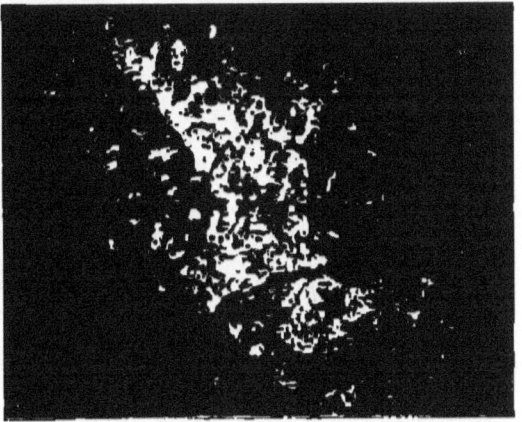

Abb. 64. Karikatur und Charakterkudie. In der Ambrosianischen Bibliothek zu Mailand. (Nach einer Originalphotographie von Braun, Clément & Cie. in Dornach i. E. und Paris.)

5*

auf nahende Zwietracht und auf ärgerliche Erregung deutet, und wer weiter sucht, wird in der Gebärden- und Fingersprache noch mehr seine Anspielungen finden, die zu immer größerer Bewunderung vor der Tiefe des Leonardoschen Geistes reizen. Auch in dem ausgespreizten Zeigefinger und Daumen der linken Hand des Judas, die sich gegen seinen Ankläger richtet, wird man einen Wiederhall jener Gebärde er-kennen, mit der die alten Römer und ihre Nachkommen bis auf den heutigen Tag alles Feindliche, Widerwärtige und Ver-drießliche abzuwehren suchten und suchen, und wenn man den zornwütigen Petrus be-trachtet, der neben Judas gesessen hat, aber sofort kampfbereit aufgesprungen ist und, das Messer mit der Faust in die Hüfte gestützt, den Vertrauten des Herrn, Johannes, fragt, wen der Meister eigentlich gemeint hat,

Abb. 65. Karikaturen. In der Albertina zu Wien.
(Nach einer Originalphotographie von Braun, Clément & Cie. in Dornach i. E. und Paris.)

danu begreift man erst völlig die Furcht, die sich des zitternden Judas bei der gewaltigen Erregung des Mannes bemächtigt hat, der jeden Augenblick bereit ist, für seinen Herrn gegen jedermann das Schwert zu ziehen.

Als der Düsseldorfer Kupferstecher Rudolf Stang im Jahre 1874 in Mailand seine Studien vor dem Originale machte, das er nach dreizehnjähriger Arbeit durch einen klassischen Linienstich zum erstenmale dem dauernden Genuß der Kunstverständigen völlig erschloß, hatte er trotz genauer Untersuchung der Wandfläche keine Spuren des umgestoßenen Salzfasses unter dem Arme des Judas zu erkennen vermocht, und man hat seitdem dieses Salzfaß als eine willkürliche Zuthat der Kopisten erklärt, namentlich desjenigen, der die Kopie in der Brera angefertigt hat, die Raffael Morghen seinem berühmten Stich zu Grunde legte. Wenn

Abb. 66. Jünglingskopf und Karikatur. Im Louvre zu Paris.
(Nach einer Originalphotographie von Braun, Clément & Cie. in Dornach i. E. und Paris.)

man aber die große Photographie des Originals, nach der unsere Abbildung 43 hergestellt ist, mit der Lupe prüft, wird man dennoch einen runden Gegenstand erblicken, der nichts anderes als der Überrest des Salzfasses ist, und dieser Zug entspricht auch völlig dem grüblerischen Sinne Leonardos, unter dessen Händen selbst die geringste Kleinigkeit Bedeutung gewann.

Vasari sowohl wie Lomazzo behaupten, daß Leonardo den Kopf Christi unvollendet hinterlassen habe, weil er das Ideal, das ihm vor Augen geschwebt, am Ende doch nicht verwirklichen konnte, und zu ihren Gunsten spricht auch, daß der Kopf Christi, der sich, wie oben bemerkt, unter den Straßburger Kopien befindet, nicht nur bartlos, sondern auch sonst unfertig ist. Dagegen läßt sich aber einwenden, daß Christus auf dem Originale mit einem Barte dargestellt ist und daß dieser wahrscheinlich erst von Leonardo während seines zweiten Aufenthaltes in Mailand, nachdem

bereits die Straßburger Kopien angefertigt worden waren, hinzugefügt worden ist. Leonardo hat damals auch sonst noch das Gemälde übergangen und dabei manches verbessert, was seinem inzwischen noch reifer gewordenen Geiste notwendig erschien. Es ist daher wohl mit Recht gegen Vasari und Lomazzo geltend gemacht worden, daß die Überlieferung, der sie folgten, nur aus einem Verkennen der Absicht Leonardos entsprossen ist. Wie Thausing sehr feinsinnig begründet hat, hat Leonardo den Christuskopf mit Absicht etwas lichter und unbestimmter gehalten, um ihn verklärt erscheinen zu lassen, und überdies hatte er dazu noch einen äußeren Grund. Während sich nämlich die Köpfe der Apostel von der dunkelen Tapetenwand, die ein rotes Gittermuster auf grünem Grunde zeigt, abheben, kommt der Kopf Christi gerade vor das breite Mittelfenster des Hintergrundes zu stehen, so daß er allein vom hellen Himmelsäther umflossen erscheint wie von einem natürlichen Heiligenscheine. Das Haupt des Herrn mußte also sehr licht und duftig

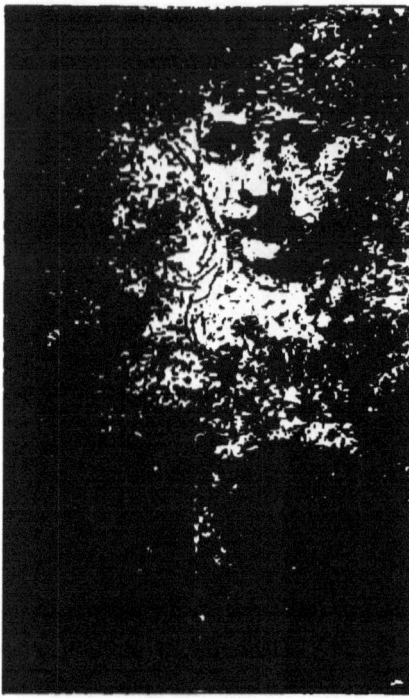

**Abb. 57. Studienköpfe und Karikatur.**
In der Ambrosianischen Bibliothek zu Mailand.
(Nach einer Originalphotographie von Braun, Clément & Cie.
in Dornach i. E. und Paris.)

So wirkt auch das Abend-
mahl durch seine gesamte Erscheinung so mächtig auf den
Beschauer, daß er erst allmählich der weisen Komposition des
Ganzen, der streng symmetri-
schen Anordnung der Apostel zu
Gruppen von je drei Figuren
gewahr wird, die wieder gleichmäßig auf beide Seiten des
Heilandes verteilt sind. Die
strenge Symmetrie löst sich dem
Auge aber bald durch den Wechsel der Bewegungen, von denen
sich nicht eine einzige wiederholt, und in diesem „Gleichgewicht zwischen Symmetrie und
Mannigfaltigkeit" liegt eins der
Geheimnisse der großen Wirkung, die Leonardos Meisterwerk immerdar üben wird. „Wie
ein heiliger Schatten wandert
dieses Bild fortwährend durch
die ganze Welt und durch die
Erinnerung der Menschen!"

Sie wird freilich zumeist durch
die graphischen Nachbildungen
von Künstlerhand lebendig erhalten. Eine Photographie stört
nur den Genuß. Je schärfer
sie ist, desto unbarmherziger ent-
hüllt sie die Schäden des Originals. Wer einen ungetrübten
rein ästhetischen Genuß haben
will, wird sich immer an die
Kupferstiche halten müssen, und
unter ihnen nimmt der von
Raffael Morghen trotz mancher
Ungenauigkeiten in den Details
immer noch die erste Stelle ein (Abb. 57).

Es entspricht durchaus der Art Leonardos, zu beobachten und zu arbeiten,
wenn man mit den Apostelköpfen des Abendmahls, die eigentlich in ihrer Universalität
die Charaktere und Temperamente der ganzen Menschheit erschöpfen, die berühmten
Karikaturen in Verbindung bringt, die sich
in fast allen Sammlungen Europas befinden und ein ganzes Heer von Nachahmern
und Kopisten in Zeichnungen und Kupfer-
stichen, darunter einen Stecher wie Wenzel
Hollar, beschäftigt haben. Schon Vasari
gedenkt dieser Zeichnungen, deren er selbst
einige besaß. Er meint aber, daß sie keine

gehalten sein, damit er nicht vom hellen
Himmelslichte des Hintergrundes verdunkelt
werde." Wir stehen also abermals vor
der Beobachtung, daß die Schöpfungen
Leonardos durchaus nicht immer, wie er
den Herzog Lodovico und den Prior des
Dominikanerklosters glauben zu machen
suchte, plötzliche Eingebungen des Genius,
sondern viel häufiger Produkte langsamer
Überlegung, feinster Berechnung und un-
zähliger technischer Versuche waren. Aber
am Ende verbanden sich das äußere und das
innere Schaffen so innig miteinander, daß
man nur selten das Wirken des einen von
dem des anderen zu trennen vermag.

Produkte von Leonardos phantastischer Laune gewesen, sondern nach der Natur gezeichnet worden seien. Wenn er einmal ein sonderbares Gesicht sah, das ihn interessierte, so folgte er dem Träger bisweilen einen ganzen Tag lang, bis er sich seine Züge so fest eingeprägt hatte, daß er sie zu Hause aus dem Gedächtnis zeichnen konnte. Dasselbe berichtet Lomazzo, der noch mehr Einzelheiten zum besten gibt. So wollte Leonardo einmal ein Bild mit lachenden Landleuten malen, und zu diesem Zweck wählte er ein paar Leute aus, die ihm für seinen Zweck passend erschienen. Er nahm sie mit sich nach Hause, und nachdem er sie zutraulich gemacht, richtete er ein Gastmahl her, zu dem er auch einige Freunde lud. Während des Essens erzählte er ihnen die tollsten und lächerlichsten Dinge von der Welt, so daß sie aus vollem Halse lachen mußten, wobei er ihr Mienenspiel und ihre Bewegungen auf das sorgfältigste beobachtete. Als sie fort waren, ging er in sein Zimmer und zeichnete sie so wahrheitsgetreu, daß auch diejenigen lachen mußten, denen er die Zeichnung zu sehen gab. In der That scheint an dieser Erzählung etwas Wahres zu sein; denn es gibt solche Karikaturen, auf denen die Namen der Dargestellten in mailändischem Dialekt aufgezeichnet sind. Leonardo hat also wirklich diesen abenteuerlichen, mißgestalteten Gesichtern und Köpfen Naturstudien zu Grunde gelegt. Bei ihrer Ausführung ist er ähnlich verfahren wie bei der Bildung seiner fabelhaften Ungeheuer, die er nach organischen Gesetzen aus Bestandteilen verschiedenartiger wirklicher Tiere zusammenfügte. Indem er einen einzelnen, besonders

charakteristischen Gesichts- oder Kopfteil, die Nase, das Kinn, die Ober- oder Unterlippe, die Stirn oder ein Ohr, bis zum äußersten übertrieb, entstand eine Mißbildung, und indem er mehrere solcher Mißbildungen zu einem Ganzen vereinigte, war die Karikatur fertig. Sein Hauptzweck war dabei aber keineswegs, die Leute zum Lachen zu bringen. In diesen Karikaturen trieb er nur seine physiognomischen Studien „nach gewissen Principien der Gegensätzlichkeit" bis zu den äußersten Konsequenzen. Es ist, als ob er einen menschlichen Charakter nur dadurch ergründen zu können glaubte, daß er den Kopf als den äußeren Ausdruck dieses Charakters gleichsam wie weiches Wachs mit den Händen knetete und versuchte, was alles aus ihm zu machen war. Nur wenn man sich seine ganze wissenschaftliche und künstlerische Art der Forschung, die eigentlich eine Experimental-

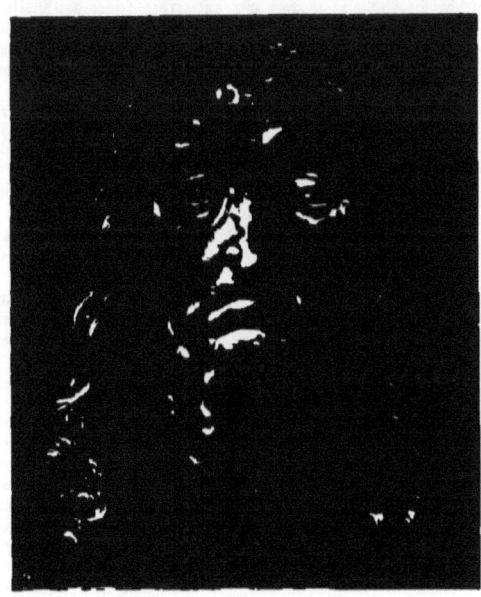

Abb. 68. Charakterstudie. In der Sammlung des Schlosses zu Windsor. (Nach einer Originalphotographie von Braun, Clément & Cie. in Dornach i. E. und Paris.)

methode im modernen Sinne ist, stets vergegenwärtigt, wird man es begreifen, wie ein so ernster Geist wie Leonardo einen großen Teil seiner Zeit mit solchen teils lächerlichen, teils abschreckenden Gebilden verbringen konnte, von denen die Abb. 55 bis 65 mehrere Proben geben. Einige davon sind wohl mit Sicherheit als eigenhändige Zeichnungen des Meisters zu betrachten, andere bewegen sich wenigstens im Kreise jener Darstellungen, von denen Vasari und Lomazzo zu berichten wissen. Auf einem Blatt in der Louvresammlung (Abb. 66) sehen wir, daß ihm die Erforschung des physiognomischen Problems sogar keine Ruhe ließ, wenn er sich an der Schönheit eines Jünglingsantlitzes ergötzte, und daß er keinen Mißklang darin sah, neben das edle Profil zwei Köpfe zu setzen, von denen der eine als charakteristischen Merkmale des anderen in jener Potenzierung zeigt, die wir Karikatur nennen. Eine gleiche Beobachtung machen wir auf

einem Blatte der Ambrosianischen Bibliothek in Mailand (Abb. 67).

Schöne Jünglingsköpfe im Lockenschmuck zu malen, war Leonardos besondere Freude. Man erinnert sich dabei eines armen Knaben, Namens Andrea Salai, den Leonardo zu sich nahm und wie sein eigenes Kind behandelte, nur weil er ein hübscher Junge mit schönen, lockigen Haaren war. Salai, den die Kunstgeschichte unter dem Namen Salaino (der kleine Salai) kennt, wollte bei Leonardo malen lernen. Aber er scheint es in dieser Kunst nicht weit gebracht zu haben. Wenigstens ist bis jetzt kein Werk der Malerei entdeckt worden, das ihm mit Sicherheit zugeschrieben werden kann. Trotzdem hatte er es verstanden, sich die Zuneigung seines Meisters bis an dessen Lebensende zu erhalten. Leonardo schenkte seiner Schwester zu ihrer Vermählung die Aussteuer, und in seinem Testamente setzte er den Salai zum Miterben seines bei Mailand gelegenen Weingutes ein. Aus demselben Schönheitsdrange entsprang auch Leonardos Neigung zu dem jungen Edelmann Francesco Melzi, mit dem ihn freilich später auch eine enge geistige Freundschaft und Seelengemeinschaft verband. Noch Vasari, der den Melzi als Greis kennen gelernt hatte, rühmt seine Schönheit und die Liebenswürdigkeit seines Wesens.

Waren jene Karikaturen also nichts weiter als Mittel zu einem höheren Zweck, Vorstufen auf dem Wege zur höchsten Vollendung, so fehlt es auch unter den Zeichnungen Leonardos nicht an solchen, auf denen er dieses Ziel, die Ergründung einer menschlichen Physiognomie bis in ihre tiefsten Falten und Fältchen, nach unserem Ermessen erreicht zu haben scheint. Nicht aus seinen meist verdorben, verunstaltet oder unvollendet auf uns gekommenen Gemälden, sondern aus seinen Zeichnungen kann man die gewaltige Künstlergröße Leonardos und seinen mächtigen Einfluß auf seine Zeitgenossen verstehen. In Köpfen, wie sie die Abbildungen 68 bis 70 wiedergeben, war Leonardo der schöpferischen Natur so nachgegangen, daß sie den Malern, die um ihn herumlebten,

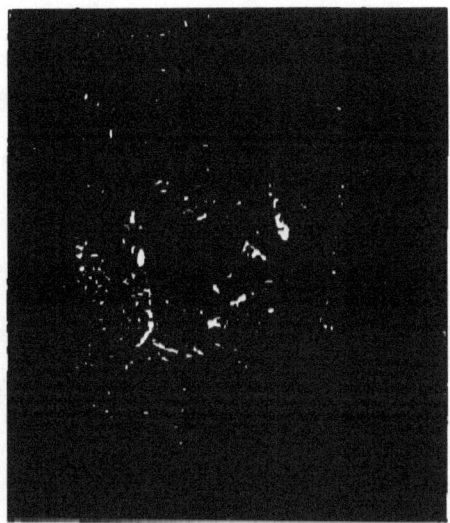

Abb. 70. Kopf eines alten Mannes. Im Louvre zu Paris.
(Nach einer Originalphotographie von Braun, Clément & Cie. in Dornach i. E. und Paris.)

bereits als etwas Unerreichbares erschienen, und in der That hat keines Künstlers Hand seitdem diese höchste Meisterschaft übertroffen. Für Leonardo waren diese Zeichnungen am Ende Selbstzweck geworden. Er dachte nicht daran, sie zu irgend einem Gemälde zu benutzen, und das Malen war ihm schon in Mailand eine lästige, seine Zeit viel zu sehr in Anspruch nehmende Arbeit geworden, die er darum gern seinen Schülern überließ.

Bei diesem Sachverhalt ist es sehr wenig glaubhaft, daß er in jener ersten Mailänder Zeit, wo ihn der Herzog Lodovico einerseits und der Prior des Dominikanerklosters andererseits um die Wette hetzen, eine so umfangreiche und in allen Teilen äußerst sorgsam durchgeführte Ölmalerei zustande gebracht haben soll wie die große Auferstehung Christi in der Berliner Gemäldegalerie (Abb. 71), um die sich in neuester Zeit ein heftiger Streit entsponnen hat. Die Geschichte des Bildes ist fast interessanter als das Bild selbst. Es war

mit der Solltyschen Sammlung für das Berliner Museum angekauft worden, und bei der Eröffnung der Galerie im Jahre 1830 wurde es unter der Bezeichnung „Mailändische Schule unter Einfluß des Leonardo da Vinci" aufgestellt, nachdem es früher bald als eine Arbeit des Francesco Melzi oder des Cesare da Sesto, bald als ein Werk des Bernardino de' Conti gegolten hatte. Später wurde es durch neue Ankäufe aus der Galerie verdrängt und in dem Magazin untergebracht, aus dem es 1884 durch den gegenwärtigen Direktor der Galerie, Wilhelm Bode, hervorgezogen wurde, um nach sorgfältiger Wiederherstellung von neuem in der Galerie aufgestellt zu werden, diesmal unter dem Namen des Meisters selbst. Bode war nämlich aus stilistischen Gründen zu der Überzeugung gekommen, daß in diesem auf Holz gemalten Ölgemälde ein völlig eigenhändiges Werk Leonardos zu erkennen wäre, das der Meister in seiner ersten Mailänder Zeit gemalt hätte. Jüngere Kunstgelehrte

haben dann weitere Nachforschungen angestellt, und sie glauben auf einigen Blättern mit Zeichnungen Leonardos Studien
Leonardo das Bild in Florenz begonnen
und in Mailand vollendet hätte. In einer
mailändischen Kirche Santa Liberata —

Abb. 71. Die Auferstehung Christi. In der Königl. Gemäldegalerie zu Berlin.
(Nach einer Originalphotographie von Braun, Clément & Cie. in Dornach i. E. und Paris.)

entdeckt zu haben, die als Vorarbeiten zu
dem Gemälde gedient hätten. Eine dieser
Studien trägt die Jahreszahl 1478, und
daraus wurde der Schluß gezogen, daß
und das ist das wichtigste Ergebnis der
Nachforschungen — hat es sich nämlich
im Anfang des XVIII. Jahrhunderts befunden, und zwar galt es damals als ein

Werk des Bramantino, der in der That in den zwanziger Jahren des XVI. Jahrhunderts in Mailand in der Art Leonardos gemalt hat. Diese Ermittelung spricht aber gerade gegen die unmittelbare Anteilnahme Leonardos an diesem Bilde. Wie ist es möglich, daß ein so umfangreiches Werk des Meisters, nach dessen Arbeiten schon

Wohl trägt das Bild im ganzen wie in seinen einzelnen Teilen das Gepräge der Leonardoschen Schule, besonders in der Landschaft und in den beiden Heiligengestalten, die im Vordergrunde knieen: dem heiligen Leonhard, den das vor ihm liegende Fußeisen als den Schutzpatron der Gefangenen kennzeichnet, und der heiligen

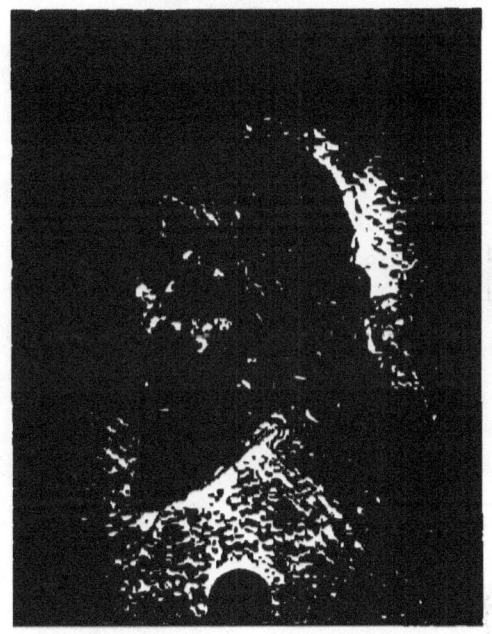

Abb. 72. Studie zu einer Kreuztragung Christi.
Nach einer Zeichnung in der Akademie zu Venedig.
(Nach einer Originalphotographie von Braun, Clément & Cie. in Dornach i. E. und Paris.)

bei seinen Lebzeiten wegen ihrer Seltenheit eifrig gefahndet wurde, jahrhundertelang in einer Mailänder Kirche als Altarbild vor aller Augen gestanden hat, ohne daß einer der Zeitgenossen oder einer der Späteren des Bildes gedacht hätte, insbesondere Lomazzo oder Vasari, die sich jeder seiner Jugendarbeiten, seiner kleinen Thonmodelle, seiner Zeichnungen, Instrumente und beweglichen Spielzeuge erinnern?

Lucia, die auf einer Schale ihre ausgestochenen Augen als das Sinnbild ihres Märtyrertums zeigt, und es ist auch wahrscheinlich, daß der Urheber dieses Bildes namentlich für die Anordnung der Gewänder dieser beiden Figuren und ihren großartigen Faltenwurf Gewandstudien Leonardos benutzt hat. Für die Gestalt des aus dem Sarkophage mit der Siegesfahne gen Himmel schwebenden Heilands und

Abb. 73. Bildnis der Isabella d' Este. Nach dem Karton im Louvre zu Paris.
(Nach einer Originalphotographie von Braun, Clément & Cie. in Dornach i. E. und Paris.)

den ihn umflatternden Mantel war er aber auf seine eigenen geringen Fähigkeiten angewiesen. An dem rechts flatternden Zipfel des Mantels sieht man noch den Notbehelf des Ateliers, wo dieser Zipfel mit dem Nagel an der Wand befestigt war, weil der Maler ein frei im Winde flatterndes Stück Zeug nicht aus dem Gedächtnis zeichnen konnte, und mit dieser Ängstlichkeit stimmt auch die kleinliche und knitterige

Anordnung der Falten überein. Das Ent-scheidendste aber, was gegen die Urheber-schaft Leonardos spricht, ist die Leere und Ausdruckslosigkeit im Antlitz Christi und die ungeschickte, fast gleichmäßige Haltung seiner beiden Arme, die ein Mann von so unerschöpflicher Erfindungsgabe wie Leo-nardo niemals über sein künstlerisches Ge-wissen gebracht hätte. Zumal in einer Zeit, wo er bereits an seinem Abendmahle arbeitete und gerade das Angesicht Christi das beständige Ziel seiner Gedanken war. Was würde endlich der Herzog und der Prior gegen ihn geeifert haben, wenn er seine Zeit noch einem Altarbilde für eine unbedeutende Kirche gewidmet hätte, statt sie im Dienste seines Herrn, dem die Voll-endung des Abendmahls als dem Protektor des Klosters doch auch am Herzen lag,

zu verwenden? Wenn wir auch nicht so weit gehen wie Morelli, der das Bild als die Arbeit eines der vielen niederländischen Künstler hält, die um die Mitte des XVI. Jahrhunderts in Mailand Leonardo studierten und nachahmten, so darf doch die Liste der zweifelhaften Werke des Meisters nicht noch um dieses vermehrt werden, das den Stempel eines Schülers trägt, der sich mit fremden Federn ge-schmückt hat. Wie erhaben und edel sich übrigens Leonardo seinen Heiland bereits vor der Erfüllung seines Ideals im Re-fektorium des Mailänder Klosters gedacht hat, beweist eine Zeichnung in der Akademie zu Venedig (Abb. 72), die vermutlich in Florenz entstanden ist und ersichtlich als Studie zu einer Kreuztragung gedient hat, da man im Nacken Christi eine Faust er-

Abb. 74. Isabella d' Este. Nach der Zeichnung in den Uffizien zu Florenz.
(Nach einer Originalphotographie von Braun, Clément & Cie. in Dornach i. E. und Paris.)

Abb. 75. Heilige Anna Selbdritt. Nach dem Gemälde im Louvre zu Paris.
(Nach einer Originalphotographie von Braun, Clément & Cie. in Dornach i. E. und Paris.)

blickt, die einen Teil seiner Locken umfaßt hat. —

Mit der Vollendung des Abendmahls fällt auch ungefähr der Abschluß von Leonardos erstem Aufenthalt in Mailand zusammen. Es war ein Ende mit Schrecken. Der Usurpator, der lange Jahre mit Glück

Geburt Christi dar, die auch Vasari rühmt. Sie ist, wie manches andere von Leonardo, untergegangen. Vergebens war auch die von Lodovico zustande gebrachte Vermählung seiner Nichte Bianca Maria Sforza mit Maximilian gewesen. Als Lodovico bei diesem keinen Beistand zur Sicherung

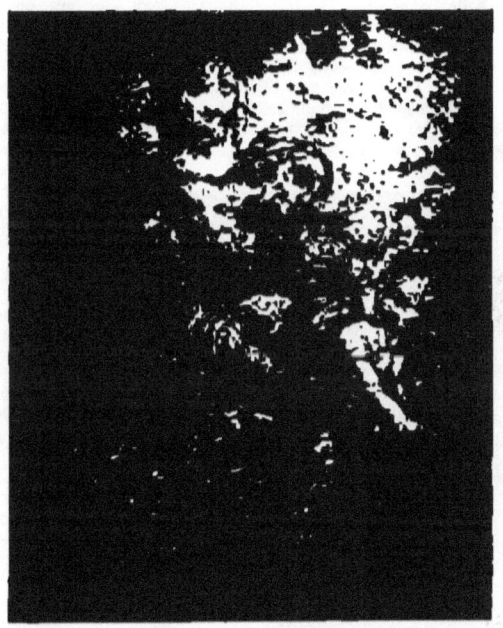

Abb. 76. Studie nach dem Gemälde Heilige Anna Selbdritt.
Zeichnung in den Uffizien zu Florenz.
(Nach einer Originalphotographie von Braun, Clément & Cie. in Dornach i. E. und Paris.)

operiert und intriguiert hatte, fing sich in den Schlingen seines eigenen Ränkespiels. Vergeblich war sein Werben um die Gunst und Freundschaft Kaiser Maximilians I. gewesen, dem er u. a. auch ein Gemälde Leonardo da Vincis zum Geschenk gemacht hatte, von dem ein anonymer Biograph des Künstlers berichtet, es habe zu den seltensten und schönsten Dingen gehört, die je gemacht worden seien. Es stellte eine

seiner Herrschaft fand, suchte er sich an die Franzosen zu halten. Auf sein Betreiben unternahm Karl VIII. einen abenteuerlichen Zug gegen Neapel, der mit einer völligen Niederlage der Franzosen endigte. Als Karl VIII. 1498 starb und sein Vetter als Ludwig XII. den französischen Thron bestieg, wendete sich das Blatt vollends. Ludwig war ein Enkel eines Visconti, eines Mitgliedes jener Mailänder Herzogsfamilie, deren Erbschaft nach dem Tode des letzten männlichen Sprößlings Francesco Sforza, der Vater Lodovicos, angetreten hatte. Jetzt erhob König Ludwig als Erbe der Viscontis selbst Ansprüche auf das Herzogtum Mailand, und er machte sie um so nachdrücklicher geltend, als sich Lodovico inzwischen dem Bunde gegen Frankreich angeschlossen hatte.

Während dieser stürmischen Zeit litten die Künstler und mit ihnen Leonardo schwere Not. Wir erfahren das aus einem Briefe des Meisters an den Herzog, von dem sich leider nur ein Bruchstück in englischem Privatbesitz erhalten hat. Der Brief scheint kurz vor dem Ausbruch des Krieges mit Frankreich geschrieben zu sein, da Leonardo in seinem Bittgesuch von den großen Sorgen spricht, mit denen der Herzog damals selbst zu kämpfen hatte. Er wolle auch alle Rücksicht auf ihn nehmen, aber die eigene Bedrängnis treibe ihn dazu, den Herzog an das Gehalt zu erinnern, das er ihm seit mehreren Jahren schuldig sei. Er habe keine Aufträge und gehe mit der Absicht um, ein anderes Gewerbe zu ergreifen, um sich wenigstens seinen Lebensunterhalt zu verdienen. Trotz dieser Nöten habe er an dem Modell zu dem Reiterstandbild des Francesco Sforza weitergearbeitet, und dazu habe er noch zwei Gehilfen, die ebenfalls daran thätig waren, aus eigenen Mitteln bezahlt.

Mit Geld konnte Lodovico dem Bittsteller nicht mehr helfen; es scheint aber, daß er ihn für diese und andere Forderungen, die mit dem Abendmahl zusammenhingen, durch die obenerwähnte Schenkung eines Weingutes entschädigt habe.

Noch in demselben Jahre 1499, wo diese Schenkung erfolgte, brach die Katastrophe über Lodovico herein. Schon am 2. September mußte er vor dem herannahenden Heere der Franzosen, die das Herzogtum mit leichter Mühe eroberten, fliehen, und am 6. September hielt der französische Feldherr Trivulzio mit Cesare Borgia, dem Bundesgenossen des Königs von Frankreich, seinen Einzug in die Hauptstadt. Da er mit großer Strenge gegen die Gewaltthaten seiner Söldlinge einschritt und da vollends Ruhe eingetreten war, nachdem Ludwig XII. im Oktober in Mailand eingetroffen war, hatte Leonardo vorläufig keine Ursache, Mailand zu verlassen, zumal da er hoffte, daß durch die Befestigung der französischen Herrschaft auch für ihn bessere Zeiten kommen würden.

Abb. 77. Kopf der heiligen Anna.
Studie nach dem Gemälde Heilige Anna Selbdritt.
Zeichnung im Louvre zu Paris.
(Nach einer Originalphotographie von Braun, Clément & Cie.
i. Dornach i. E. und Paris.)

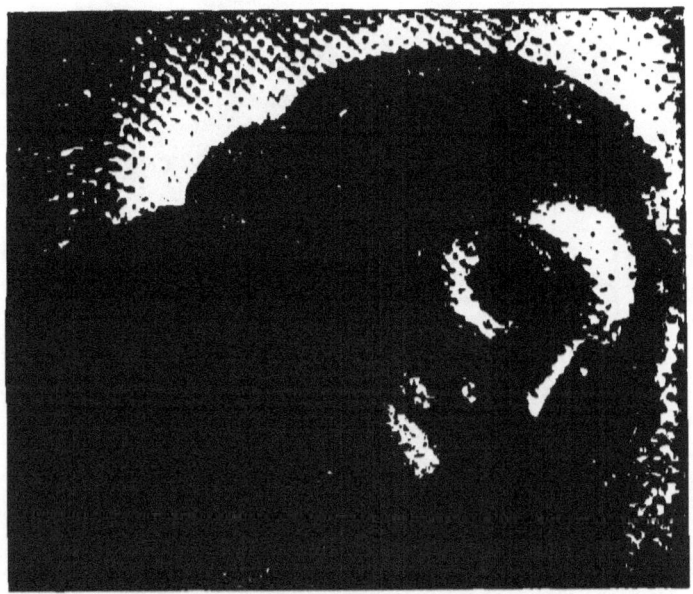

Abb. 70. Studie nach dem Gemälde Heilige Anna Selbdritt.
Zeichnung in der Albertina zu Wien.
(Nach einer Originalphotographie von Braun, Clément & Cie. in Dornach i. E. und Paris.)

Als aber im November ein großer Teil des
französischen Heeres in die Romagna ab-
zog, um dort die Eroberungspläne des
Cesare Borgia durchzuführen, begannen die
Freunde Lodovicos in der Bevölkerung
Mailands zu wühlen, so daß es Leonardo
geraten schien, sein Geld zusammenzuraffen,
durch Vermittelung von Bankiers in Anweisungen auf Florenz umzusetzen — er
besaß noch 600 Goldgulden — und dem
unruhigen Boden den Rücken zu kehren.
Zusammen mit seinem Freunde, dem Ma-
thematiker Luca Pacioli, reiste er in der
zweiten Hälfte des Dezembers 1499 ab.
Seine Vorsicht war gerechtfertigt. Mit
Hilfe eines Heeres von schweizerischen und
österreichischen Söldnern kehrte Lodovico
am 4. Februar 1500 nach Mailand zurück. Aber seine Herrschaft war nur von

kurzer Dauer. Am 10. April desselben
Jahres wurde er von den Franzosen bei
Novara geschlagen und in die Gefangen-
schaft nach Frankreich abgeführt, wo er
1508 starb. Als Leonardo von seiner
Gefangennahme hörte, schrieb er auf eines
seiner Tagebuchblätter: „Der Herzog ver-
lor sein Land, seine Habe und die Freiheit, und keines seiner Werke wurde von
ihm vollendet." Mit diesem Epigramm
schloß Leonardo die inhaltreichste Episode
seines Lebens ab.

Nach seiner Abreise von Mailand führte
Leonardo eine Zeitlang ein Wanderleben,
worüber wir zum Teil durch Dokumente
in dem Archiv der Gonzaga in Mantua
unterrichtet werden. Sein nächstes Ziel
war Venedig; aber unterwegs hielt er sich
einige Tage in Mantua auf, der Residenz

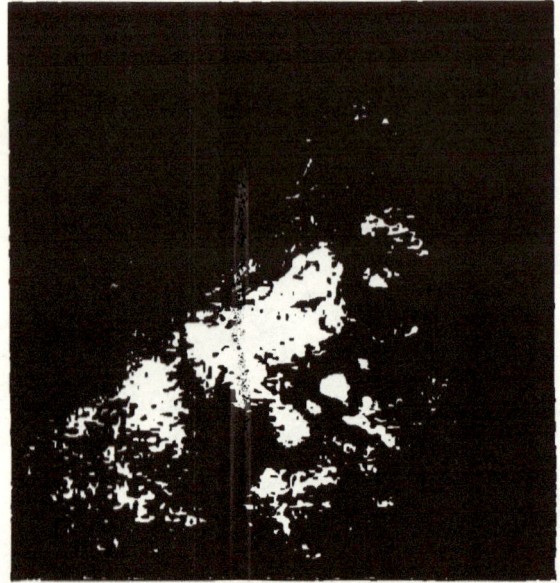

Abb. 72. Kopf einer jungen Frau. Nach einer Zeichnung in der Sammlung des Schlosses
zu Windsor.
(Nach einer Originalphotographie von Braun, Clément & Cie. in Dornach i. E. und Paris.)

der Isabella von Este, die während ihres öfteren Aufenthaltes in Mailand bei ihrer Schwester Beatrice eine eifrige Verehrerin seiner Kunst geworden war. Auf ihre Bitte zeichnete er ihr Porträt mit der Kohle auf Kartonpapier und gab zugleich das Versprechen, danach ein Bildnis in Öl auszuführen, wenn er einmal wiederkommen würde. Der Karton blieb in Mantua zurück, Leonardo nahm aber eine Skizze oder vielmehr die kleine Studie, die ihm zu dem im großen Maßstabe ausgeführten Karton gedient hatte, mit sich. Wir erfahren das aus einem Briefe, den einer der Agenten und Korrespondenten, die Isabella von Este zur Vermehrung ihrer Kunstsammlungen in allen Hauptstädten Italiens unterhielt, am 13. März 1500 aus Venedig sendete. Damals befand sich Leonardo bereits dort; denn der Vertrauensmann der Herzogin

schreibt: „Leonardo da Vinci ist in Venedig, er hat mir ein Bildnis Eurer Herrlichkeit gezeigt, welches sehr natürlich ist und mir so vollkommen wie möglich zu sein scheint." Das war vielleicht die Skizze, die Leonardo für sich behalten hatte. Es scheint, daß ein glücklicher Zufall uns beide Bildnisse erhalten hat; und damit müssen wir uns begnügen, auch wenn wir nicht mehr feststellen können, welches von beiden im Besitz der Herzogin, welches bei Leonardo geblieben war. Das eine ist im Louvre, ein großer mit Kohle gezeichneter Karton auf dem die Umrisse der Zeichnung mit Nadeln durchstochen sind, zur Erleichterung der Übertragung auf die Leinwand oder Holztafel, sobald das Gemälde in Angriff genommen würde (Abb. 73). Es ist ein Bildnis, das trotz der Beschränkung auf das scharfe Profil Geist und Leben atmet, freilich wohl etwas von dem Geiste Leonardos, der das Gefühlsleben und die geistige Regsamkeit seiner Modelle immer durch lebhafte Unterhaltung, durch Gesang und Musik anzuregen suchte. So erhellt auch das Lächeln wohligen Behagens die Züge Isabellas, die ohnehin nicht trägen Geistes war. Es ist, als ob sie mit gespannter Aufmerksamkeit den Worten eines geistreichen Sprechers lauschte und als spitze sie bereits die Lippen, um ihrem Partner in gleicher, von Geist, Scherz und Anmut gewürzter Rede zu antworten. Fast noch mehr Geist und Leben atmet das zweite Bildnis der Isabella, eine Rötelzeichnung in den Uffizien zu Florenz (Abb. 74), die sich nicht bloß dadurch, sondern auch in einigen Äußerlichkeiten von dem Karton im Louvre unterscheidet. Man möchte sie gerade darum auch für die Skizze halten, die Leonardo mit nach Venedig genommen hat.

Das Bildnis, das er der Markgräfin von Mantua hinterlassen hat, ist von dieser nicht lange aufbewahrt worden. Ihr Gemahl verschenkte es, wir wissen nicht, an wen, und Isabella beeilte sich, Ersatz dafür zu gewinnen, indem sie am 22. März 1501 an einen geistlichen Freund in Florenz, den General des Karmeliterordens, Fra Petrus Nuvolaria, ein Schreiben richtete, worin sie ihn um seine Vermittelung bei Leonardo ersucht. Falls Leonardo in Florenz wäre, möchte der geistliche Herr doch versuchen, von ihm irgend ein Bild zu erlangen, und wenn es auch nur ein kleines Madonnenbild wäre, „voll von sanfter und süßer Glaubensinnigkeit, wie er sie seiner Natur nach zu erfinden wisse". Daneben wäre ihr aber auch eine andere Skizze ihres Bildnisses sehr erwünscht, da ihr Gemahl die in Mantua gezeichnete fortgegeben hätte. Sie sollte vergebens auf ihr Bildnis, wie auf irgend einen anderen Ersatz von Leonardos Hand warten. Aber der Briefwechsel, der aus ihren Bewerbungen entsprang, ist für uns sehr wertvoll, weil wir

daraus einiges über Leonardos Leben seit 1500 erfahren. Bis zu Ende dieses Jahres scheint er noch in Venedig geblieben zu sein, von wo er, wie man nach seinen Aufzeichnungen vermutet hat, Reisen nach verschiedenen Richtungen gemacht haben soll. Zu Anfang des nächsten Jahres war er in Florenz, wohin es ihn trotz aller künstlerischen Enttäuschungen und persönlichen Kränkungen am Ende doch mit der Gewalt des Heimatsgefühls zog. Was er zunächst in Florenz trieb, erfahren wir aus dem Antwortschreiben des obengenannten Geistlichen an die Markgräfin Isabella: „Ich werde mich sorgfältig und schleunig mit dem Auftrag zu befassen, aber nach allem, was ich erfahre, ist das Leben Leonardos voll von Abwechselung und großen Schwankungen unterworfen. Es scheint, daß er in den

Abb. 80. Studienkopf nach der Madonna auf dem Londoner Anna-Karton. (Vielleicht von Luini.) Zeichnung in der Akademie zu Venedig. (Nach einer Originalphotographie von Braun, Clément & Cie. in Dornach i. E. und Paris.)

6*

Tag hineinlebt. Seitdem er in Florenz ist, hat er nur einen einzigen Karton gemacht. Er hat darauf Christus als Kind, etwa im Alter von kaum einem Jahre, dargestellt, der den Armen seiner Mutter entschlüpft, um ein Lamm zu fassen und es zu umschlingen. Die Mutter, die sich

noch nicht vollendet. Mehr hat er noch nicht ausgeführt. Zwei seiner Schüler malen Bildnisse, und er legt bisweilen Hand an einige. In Bezug auf die Malerei zeigt er sehr wenig Geduld; er widmet sich ganz und gar dem Studium der Geometrie." Isabella ließ sich dadurch nicht

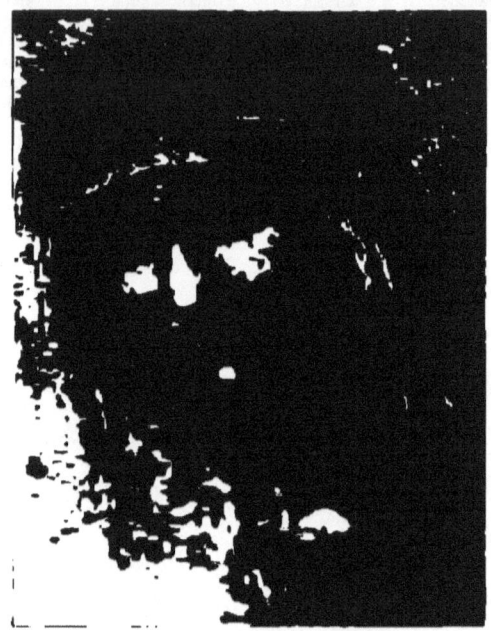

Abb. 81.  Frauenkopf.  Vorstudie für das Gemälde Heilige Anna Selbdritt.
Nach einer Zeichnung in der Windsor-Sammlung.
(Nach einer Originalphotographie von Braun, Clément & Cie. in Dornach i. E. und Paris.

beinahe vom Schoße der heiligen Anna erhebt, bemüht sich, den Kleinen vom Lamm zu entfernen. Die heilige Anna scheint eine Bewegung zu machen, um ihre Tochter zurückzuhalten. Die Figuren sind von natürlicher Größe, und doch sind sie nur in einen kleinen Raum hineinkomponiert, weil alle sitzend oder gebeugt sind; auch verdecken sie sich gegenseitig in dem linken Teile der Komposition. Diese Skizze ist

entmutigen. Noch bis Ende des Jahres 1504 setzte sie ihre Bemühungen fort, irgend ein Bild von Leonardo zu erlangen, dessen Preis er selbst bestimmen sollte; aber es gelang ihr nicht, trotzdem daß sie ihm selbst im Mai 1504 einen Brief schrieb, worin sie ihre Bitte eindringlich, aber in den höflichsten Formen wiederholte. Leonardo trug sich damals mit anderen Dingen, und ein zweijähriger Christus im Tempel,

Abb. 82. Fußstudien für das Gemälde Heilige Anna Selbdritt.
In der Sammlung der Bibliothek des Schlosses zu Windsor.
(Nach einer Originalphotographie von Braun, Clément & Cie. in Dornach i. E. und Paris.)

den Isabella von ihm verlangte, war für ihn keine verlockende Aufgabe.

In dem Briefe des Karmelitergenerals wird ein Werk Leonardos, ein Karton mit einer Darstellung der Heiligen Anna mit der Maria und dem Christuskinde, die man in Deutschland als die „Heilige Anna Selbdritt" zu bezeichnen gewohnt ist, so eingehend beschrieben, daß Nuvolaria dieses Bild selbst gesehen haben muß. An seiner Existenz ist demnach nicht zu zweifeln. Aber der Karton ist nicht mehr vorhanden, wohl aber ein Ölgemälde, das genau mit der Beschreibung des Kartons in jenem Brief übereinstimmt. Es ist 1629 aus der Lombardei in den Besitz des Kardinals Richelieu gekommen und befindet sich jetzt im Louvre zu Paris (Abb. 75). Vasari berichtet, daß

Abb. 83. Studie nach einem Kinderkopf.
Zeichnung im Louvre zu Paris. (Nach einer Originalphotographie von Braun, Clément & Cie. in Dornach i. E. und Paris.)

Leonardo den Auftrag zu dem Bilde, das nach dem Karton ausgeführt werden sollte, von den Mönchen des Servitenklosters erhalten hatte, die damit den Hauptaltar ihrer Kirche Santa Annunziata schmücken wollten. Ursprünglich war Filippino Lippi damit beauftragt worden; als er aber hörte, daß Leonardo Neigung dazu hätte, soll er freiwillig zurückgetreten sein.

Vasari erzählt dann weiter, daß der Karton nach seiner Vollendung so großes Aufsehen erregt hätte, daß die Florentiner in Scharen nach dem Raum des Klosters strömten, den die Mönche dem Meister und seinen Schülern und Dienern als Werkstatt und Wohnung zur Verfügung gestellt hatten. Besonders waren es die Künstler, die den Karton zu einem Gegenstande eifrigen Studiums machten.

Er wurde nicht nur häufig im ganzen kopiert, sondern auch einzelne Figuren und
Motive daraus von hervorragenden Künstlern wie Bernardino Luini in ihre eigenen
Schöpfungen übernommen. Selbst Raffael
hat noch den Einfluß dieses Kartous er-

Die Beantwortung dieser Frage ist sehr
schwierig, weil das Bild schwer gelitten
hat. Aber die Mehrzahl der Forscher neigt
sich doch der Ansicht zu, daß darauf noch
die Hand des Meisters zu erkennen ist,
daß es jedenfalls unter seiner Aufsicht und

Abb. 84. Kinderstudien für das Bild Heilige Anna Selbdritt.
Zeichnung in der Sammlung des Herzogs von Aumale in Chantilly.
(Nach einer Originalphotographie von Braun, Clément & Cie. in Dornach i. E. und Paris.)

fahren, indem er daraus die Anregung zu
seiner Madonna mit dem Lamm in Madrid
schöpfte, auf der besonders die Bewegung
des Christuskindes mit der auf dem Karton
Leonardos oder vielmehr dem danach ausgeführten Bilde im Louvre übereinstimmt.
Ist dieses Bild als eine eigenhändige Arbeit Leonardos anzusehen?

Beihilfe entstanden ist. So viel sieht aber
fest, daß Leonardo das Bild nicht in Florenz ausgeführt hat. Er sah sein Ziel mit
der Vollendung des Kartons erreicht, hatte,
wie gewöhnlich, zur Ausführung in Farben
keine Lust und verließ endlich Florenz, um
anderen Beschäftigungen nachzugehen, die
seinen aufs Abenteuerliche gerichteten Sinn

augenblicklich mehr reizten; die Mönche verloren die Geduld, sie wandten sich im Jahre 1503 wieder an Filippino Lippi, der die Arbeit auch übernahm — es wurde jetzt eine Kreuzabnahme Christi als Gegenstand der Darstellung gewählt — und als

gelangt ist, nachdem der Meister sich dort zum zweitenmale für längere Zeit niedergelassen hatte. Auch in Mailand wird es, wie alle Schöpfungen Leonardos, fleißig kopiert worden sein und als eine Art hoher Schule gegolten haben, die vielleicht mehr

Abb. 25. Naturstudien. Zeichnung in der Akademie zu Venedig.
(Nach einer Originalphotographie von Braun, Clément & Cie. in Dornach i. E. und Paris.)

er ein Jahr darauf starb, vollendete Pietro Perugino das Bild.

Da die nächsten Jahre sehr unruhig für Leonardo verliefen und bald auch ein neues künstlerisches Unternehmen von großem Umfang sein vornehmstes Interesse in Anspruch nahm, ist es wahrscheinlich, daß das Gemälde im Louvre erst in Mailand zur Ausführung

gewirkt haben wird, als die sagenhafte Akademie, die Lodovico il Moro gegründet und nach Leonardo genannt haben soll. Nur daraus läßt sich die große Zahl von Zeichnungen in fast allen großen Sammlungen Italiens, Frankreichs und Englands erklären, die in mehr oder weniger engem Zusammenhang mit dem Gemälde der heiligen Anna stehen und nur zum kleinsten Teile als Vorstudien von der eigenen Hand des Meisters anzusehen sind. Solche Kopien wird man z. B. mit Sicherheit in einigen Zeichnungen der Uffizien zu Florenz und des Louvre (Abb. 76—78) zu erkennen haben, während andere nur leicht beeinflußt erscheinen oder sich als Arbeiten von Nachahmern enthüllen, die die himmlische Heiterkeit Leonardos zu einem konventionellen Lächeln verflachten (Abb. 79 und 80). Den Eindruck der Echtheit machen dagegen der edle, von seinen Schleiern umwallte Kopf und die beiden Fußstudien in der Windsorsammlung (Abb. 81 und 82), der in scharfem Profil gehaltene Kopf eines pausbäckigen Kindes im Louvre (Abb. 83) und das Blatt mit Kinderstudien in der Sammlung des Herzogs von Aumale (Abb. 84), von dem ein ähnliches Blatt in Venedig nur eine schwache Kopie zu sein scheint (Abb. 85).

Auch ein Blatt der Windsorsammlung mit zwei Studien nackter Kinder, die eine ähnliche Bewegung machen, wie der kleine Christusknabe auf dem Louvrebilde, stimmt in der Schärfe und Sicherheit der Umrißzeichnung wie in der festen, an den Thonbildner erinnernden Modellierung nicht mit den beglaubigten Zeichnungen Leonardos überein (Abb. 86). Der scharfsinnige Morelli glaubte darin eine Arbeit seines mailändischen Schülers Cesare da Sesto zu erkennen.

Wenn Leonardo auch mit der Ausführung des Florentiner Kartons keine Eile hatte, so beschäftigte ihn der Gedanke nach seiner grüblerischen Gewohnheit noch längere Zeit. Er mochte empfinden, daß trotz der Freiheit und Mannigfaltigkeit der Bewegungen und ihres rhythmischen Gegenspiels, trotz der Tiefe und der Anmut des Gesichtsausdruckes der beiden Frauen in der Komposition, die sich an den überlieferten

Abb. 87. Heilige Anna Selbdritt.
Nach dem Karton in der Sammlung der Königl. Kunstakademie zu London.

Typus anschloß, noch etwas Gebundenes lag. Das suchte er in einer völlig neuen Gestaltung der Komposition zu überwinden, indem er die pyramidenförmige Anordnung der Gruppe aufgab und die Köpfe der beiden weiblichen Figuren fast in gleicher Höhe erscheinen ließ und, um das dadurch gestörte Gleichgewicht in der Komposition wiederherzustellen, die Gestalt des kleinen Johannes hinzufügte. Diese zweite Gestaltung der Komposition ist uns glücklicherweise noch in einem eigenhändigen, mit schwarzer Kreide gezeichneten und weiß gehöhten Karton des Meisters in der Königlichen Akademie zu London erhalten (Abb. 87), der trotz der argen Zerstörung wenigstens noch in den Köpfen der beiden Frauen jenen Ausdruck erkennen läßt, den Leonardo zuerst nach langem Suchen gefunden und mit unvergleichlicher Virtuosität in unendlicher Mannigfaltigkeit aus den Köpfen seiner Frauen hat ausstrahlen lassen, jenen Ausdruck, den Morelli so schön „das Lächeln des inneren Glücks, die Anmut der Seele" genannt hat. Zu höchstem Liebreiz hat Leonardo diesen Ausdruck in dem Bildnis der Mona Lisa, dem Meisterwerk seiner zweiten Florentiner Epoche, gesteigert. Die Entstehung des Londoner Kartons wird aber wohl nach den Gründen, die Anton Springer dafür geltend gemacht hat, etwas später anzusetzen sein, etwa im Beginn seines zweiten Aufenthaltes in Mailand, und damals hat ihn vielleicht auch Luini faft getreu zu einem Gemälde verwendet, das sich jetzt in der Ambrosiana in Mailand befindet (vergl. Abb. 50).

Was Leonardo hinderte, seinen Karton für die Servitenbrüder auszuführen, war außer seinem Unbehagen an allem Malwerk, das viel Geduld erforderte, dieselbe Neigung, die ihn zehn Jahre früher in die Dienste des Gewaltherrschers in Mailand geführt hatte. Nach dem Verschwinden Lodovicos war in Cesare Borgia, dem neuernannten Herzoge von Valentino, der sich außer dem Schutze seines Vaters, des Papstes Alexander VI., auch noch des wirksameren Beistandes des Königs von Frankreich zu erfreuen hatte, ein neues glänzendes Gestirn aufgegangen. Der kühne, vor keinem Wagnis, aber auch vor keiner Grausamkeit, Hinterlist und Verräterei zurückschreckende, dann aber auch edlen Regungen zugängliche und mit feiner Bildung ausgerüstete Söldnerführer wollte sich mit Hilfe französischer Truppen in Mittelitalien ein Königreich gründen. Schon hatte er die Romagna in seiner Gewalt und das Herzogtum Urbino genommen, als Leonardo 1502 als Festungsbaumeister und Kriegsingenieur in seine Dienste trat. Daß die Eroberungspläne des ehemaligen Condottiere auch auf Florenz gerichtet waren, konnte Leonardo nicht wissen. Hatten doch die Florentiner selbst dem Herzoge von Valentino Hilfstruppen zu seinem Unternehmen gegen Urbino gestellt, und Cesare Borgia hatte auch seine Pläne einstweilen beiseite gelegt, weil sein Schutzherr, König Ludwig von Frankreich, den Florentinern wegen ihrer Loyalität und ihrer stets bewahrten Neutralität günstig gesinnt war. Einen Vorwurf kann man also Leonardo daraus nicht machen, daß er sich mit Eifer dem Dienste des Herzogs widmete und die festen Plätze Umbriens, der Marken und des südlichen Toscanas bereiste, um sie auf ihren Verteidigungszustand zu untersuchen und Vorschläge zu ihrer weiteren Befestigung zu machen. Es ist bezeugt, daß er seit dem Juli 1502 in Urbino, in Pesaro, in Rimini, in Cesena und an anderen Orten anwesend war, überall Pläne zeichnend und

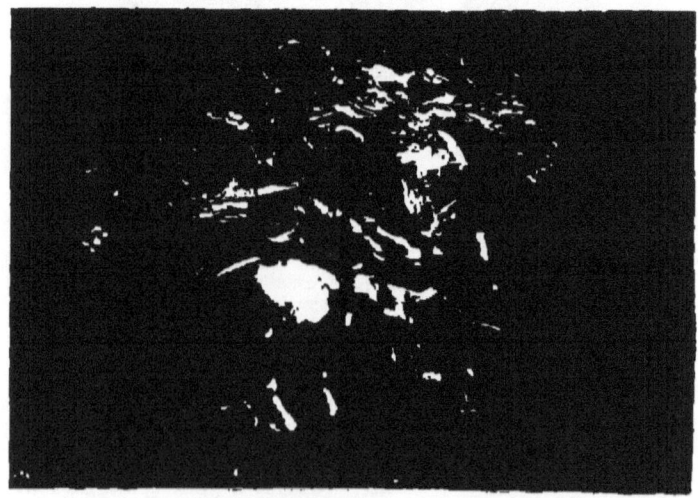

Abb. 88. Kampf um eine Standarte. Aus dem Karton zur Schlacht bei Anghiari.
Zeichnung von P. P. Rubens (?) im Louvre zu Paris.
Nach einer Originalphotographie von Braun, Clément & Cie. in Dornach i. E. und Paris.)

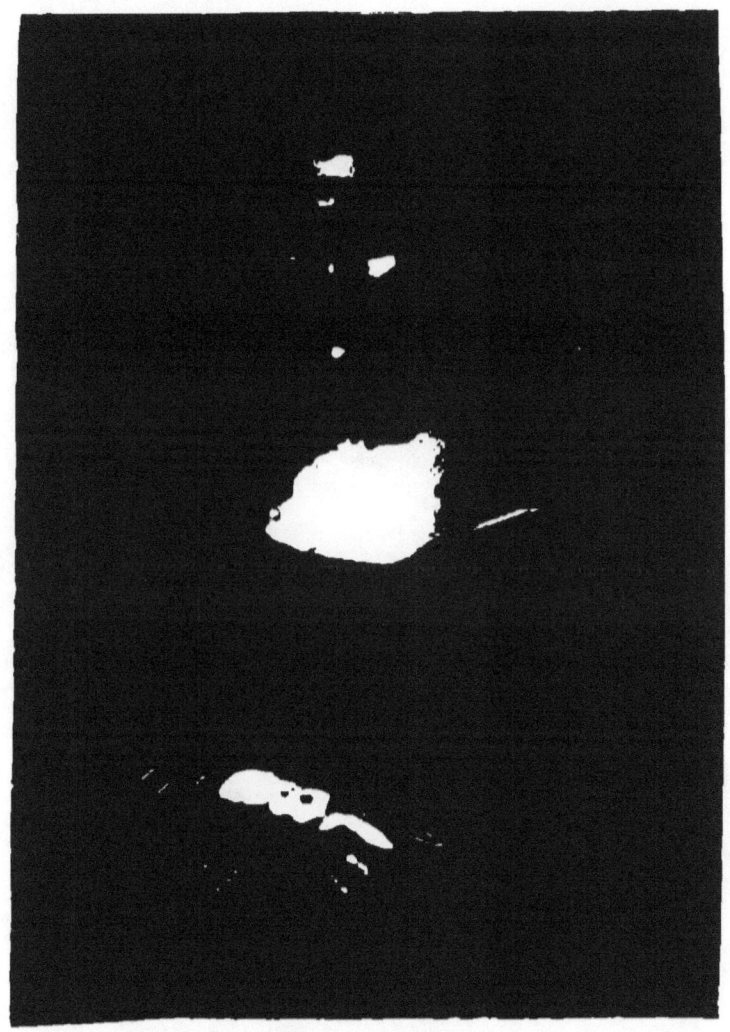

Abb. 99.  Bildnis der Mona Lisa (La Jocunde).
Nach dem Gemälde im Louvre zu Paris.
(Nach einer Originalphotographie von Braun, Clément & Cie. in Dornach i. E. und Paris.)

Vermessungen anstellend. Zu Anfang des nächsten Jahres war er wieder in Florenz. stellt werden sollte, statt, und zu dieser Beratung hatten die Konsuln der Wollenweber-

Abb. 90. Weibliches Bildnis. In der Ermitage zu St. Petersburg.
Nach einer Originalphotographie von Braun, Clément & Cie. in Dornach i. E. und Paris.

Am 25. Januar 1503 fand nämlich eine Beratung über den Platz, auf dem Michelangelos kürzlich vollendeter David aufgestellt werden zunft, die das Bildwerk bestellt hatten, die hervorragendsten Künstler von Florenz, unter ihnen auch Leonardo, eingeladen. Während

Abb. VI. Der jugendliche Bacchus.
Im Louvre zu Paris.
Nach einer Originalphotographie von Braun, Clement & Cie. in Dornach i. E. und Paris

die meisten längere Reden hielten, sprach Leonardo seine Meinung nur kurz dahin aus, daß ihm eine Stelle unter der Loggia bei Lanzi als der geeignetste Platz erschiene. Aber diese Meinung, die auch andere mit ihm teilten, drang nicht durch. Der Koloß wurde neben dem Hauptportal des Palazzo Vecchio im Freien aufgestellt. Es scheint, daß schon damals eine Verstimmung zwischen den beiden größten Künstlern, die Florenz zu jener Zeit besaß, eingetreten war. In dem Hofe der Dombauwerkstätte hatte seit vielen Jahren ein neun Ellen hoher Marmorblock unbenutzt gelegen. Andrea Sansovino hatte sich erboten, etwas daraus zu

Abb. 92. Weiblicher Studienkopf. Rot.
Nach einer Originalzeichnung

machen, aber die Vorsteher der Wollenweberzunft, denen die Kirche Santa Maria del Fiore gehörte, fragten zuvor bei Michelangelo an, und dieser machte sich ebenfalls anheischig, den Block zu verarbeiten. Nach dem Bericht Vasaris soll auch Leonardo sein Auge darauf geworfen haben, und er fühlte sich verletzt, als die Entscheidung zu Gunsten Michelangelos fiel. Daß zwei Männer wie Leonardo und Michelangelo nicht lange neben- und miteinander in Frieden leben konnten, war eine Notwendigkeit, die sich aus der Verschiedenartigkeit ihrer Naturanlagen, ihrer Temperamente und ihrer Charaktere ergab. Leonardo, der zur Zeit, als er von Mailand nach Florenz kam, noch nicht die Fünfzig überschritten hatte, war eine hoheitsvolle Erscheinung, den die Natur auch äußerlich mit allen Gaben verschwenderisch bedacht hatte. Er war prachtliebend, hielt auf reiche Kleidung und trat gern mit großem Gefolge auf. Zu einer unansehnlichen Gestalt hatte sich bei Michelangelo noch das Mißgeschick gesellt, daß ihm in seiner Jugend bei einem Streite mit einem Mitschüler von diesem durch einen Faustschlag die Nase zerschmettert und sein Gesicht dadurch für immer entstellt worden war. Ehrgeizig waren beide und empfindlich auch. Bei Leonardo hatte sich sogar die Empfindlichkeit noch durch die schmerzlichen Enttäuschungen gesteigert, die er in Mailand erlebt hatte, und Michelangelo benutzte bald eine Gelegenheit, ihn an seiner empfindlichsten Stelle zu fassen. „Eines Tages“, so erzählt der anonyme Biograph Leonardos, der im ersten Viertel des XVI. Jahrhunderts schrieb, „kam Leonardo mit einem gewissen Gavini bei Santa Trinità an dem Bankhause der Spini vorüber, wo gerade eine Anzahl von edlen Männern zusammensaß und über eine Stelle aus Dante disputierte. Als sie Leonardo gewahrten, riefen sie ihn an, damit er ihnen die Stelle erkläre. Zufällig kam nun auch gerade Michelangelo vorüber, und der eben angerufene Leonardo antwortete: ‚Michelangelo wird es euch schon erklären.‘ Michelangelo aber, dem es vorkam, als habe sich Leonardo über ihn lustig machen wollen, rief wütend zurück: ‚Erkläre du es ihnen

Abb. 98. Weiblicher Studienkopf. Nach einer Zeichnung im Louvre zu Paris. (Nach einer Originalphotographie von Braun, Clément & Cie. in Dornach i. E. und Paris.)

doch, der du ein Reiterbild hast in Bronze gießen wollen und es nicht hast gießen können und es mit Schimpf und Schande hast müssen stehen lassen!‘ Damit wendete er ihnen den Rücken zu, und Leonardo wurde rot über diese Worte.“ Michelangelo hatte in seinem Übermut, im Gefühl der Überlegenheit, die er wenigstens als Bildhauer über den gefeierten Leonardo besaß, an der Tragödie von dessen Leben gerührt, und er soll es nach der Erzählung desselben Biographen später noch einmal gethan haben, indem er sich über die „Dickköpfe von Mailändern“ lustig machte, die sich von Leonardo hätten fangen lassen und ihm Glauben geschenkt hätten.

Diesem Scharmützel zwischen den beiden Meistern, die übrigens als gründliche Dantekenner galten, sollte bald ein ernsteres Nachspiel folgen. Noch im Laufe des Jahres 1503 traten sie auch in einer künstlerischen Angelegenheit in direkte Nebenbuhlerschaft, und das Schicksal fügte es, daß sich beide Gegner fortan im Punkte des Vollendens nichts mehr vorzuwerfen hatten. Zuvor sollte Leonardo aber seine Fähigkeiten als Ingenieur einmal auch im Dienste seiner Vaterstadt bewähren. Als Karl VIII. von Frankreich im Jahre 1494 seine kriegerischen Abenteuer in Italien begann, ergriff das grollende Pisa, das die Herrschaft der Florentiner nur widerwillig ertrug, die Gelegenheit, sich unabhängig zu erklären,

Abb. 94.  Studienkopf.  Nach einer Zeichnung in der Ambrosianischen Bibliothek
zu Mailand.
(Nach einer Originalphotographie von Braun, Clément & Cie. in Dornach i. E.
und Paris.)

übergabe zu zwingen, indem man dem Arno ein anderes Bett grub und ihn dadurch von der Stadt ableitete. Im Juli 1503 wurde Leonardo von der Signoria sehr eilig, in sechsspännigem Wagen, wie aus der noch vorhandenen Rechnung hervorgeht, in das florentinische Lager bei Pisa geschickt, um sein Gutachten über die Ausführbarkeit dieses Plans und die dazu getroffenen Vorbereitungen abzugeben und diese dann selbst in die Hand zu nehmen. Wir wissen nicht, was aus der Angelegenheit geworden ist. Daß sich ihrer Leonardo aber mit Eifer angenommen haben wird, ist sicher. Befand er sich doch dabei, wie er selbst erwähnte, in seinem eigentlichen Lebenselement!

Indessen ließ es die Signoria von Florenz bei der lebhaften Förderung der Unternehmungen gegen Pisa nicht bewenden. Es sollte dauernd auf die

und es gelang der Stadt auch, mit Hilfe der Feinde von Florenz diese Unabhängigkeit eine Zeitlang zu behaupten. Seitdem aber in Florenz durch die im Jahre 1502 erfolgte Wahl des Piero Soderini zum Gonfaloniere auf Lebenszeit Ruhe, Einigkeit und ein festes Regiment wiederhergestellt worden waren, galt als eine der ersten Sorgen des Staatslenkers die Wiedereroberung Pisas. Die Stadt wurde belagert; aber der Heldenmut und die Opferwilligkeit der Bürger trotzten dem Ansturm der Florentiner, unter denen schließlich der kühne Plan auftauchte, die Stadt durch Wassermangel zur

Anfeuerung des Muts der Bürger durch Erinnerung an frühere Heldenthaten eingewirkt werden, und zu diesem Zwecke wurde beschlossen, die beiden Langwände des großen Ratssaales im Palazzo vecchio mit Gemälden zu schmücken, die zwei hervorragende Kriegsthaten der Florentiner aus vergangener Zeit verherrlichen sollten. Es scheint, daß der Gonfaloniere Soderini, der Leonardo sehr wohlgeneigt war, diesem zuerst den Auftrag zur Ausführung einer Wandmalerei erteilte und daß er erst später an Michelangelo dachte, dem die zweite Wand angewiesen wurde. Als Gegenstand der Darstellung Leonardos hatte man die Schlacht bei Anghiari gewählt, die am 29. Juni 1440 zwischen dem Feldherrn des Herzogs von Mailand, Niccolo Piccinino, und den Florentinern geschlagen worden war. Nach heißem Ringen und nachdem das Kriegsglück während des Tages mehreremal hin und her geschwankt, waren die Florentiner Sieger geblieben, so daß sie mit Recht diesen Kampf wegen der dabei bewiesenen Tapferkeit und Ausdauer wie wegen seiner späteren glücklichen Folgen zu ihren glänzendsten Waffentaten zählen durften.

Mit seiner gewohnten Gründlichkeit nahm sich Leonardo der Sache an. Er forschte zunächst in den Chroniken und sonstigen Überlieferungen nach dem Verlauf und den Einzelheiten der Schlacht und arbeitete danach eine Denkschrift aus, die sowohl zur Information für den Gonfaloniere und die Signoria als auch zu seiner Orientierung bestimmt war. Er beschrieb darin genau die verschiedenen Phasen der Schlacht bis zum Sonnenuntergang, hob daneben einzelne Episoden hervor, die ihm besonders darstellungswürdig erschienen und seiner Ansicht nach auf dem Gemälde nicht fehlen durften. Für welchen der verschiedenen, von ihm besonders betonten Momente er sich am Ende entscheiden würde, geht aus seiner Denkschrift nicht hervor, und die uns erhaltenen Beschreibungen des Kartons, den er zuerst in Angriff nahm und zwar in dem ihm zur Verfügung gestellten Saale des Papstes in der Kirche Santa Maria Novella und den er auch vollendete, bewegen sich in so unbestimmten, allgemeinen Ausdrücken, daß man aus ihnen nicht entnehmen kann, inwieweit sich Leonardo bei der Ausführung des Kar-

tons an das von ihm gesammelte historische Material gehalten hat. Aus der ausführlichsten Beschreibung, derjenigen Vasaris, ergiebt sich aber so viel, daß den Hauptgegenstand der Darstellung einer jener Reiterkämpfe gebildet hat, deren Leonardo in seiner Schrift mehrremal gedenkt. Vasaris Beschreibung umfaßt aber nur zwei oder drei Gruppen, deren hervorragendste aus Reitern bestand, die um eine Standarte stritten, und zwar mit solcher Wut, daß sich auch die Pferde ineinander verbissen und ebenso hartnäckig wie ihre Reiter kämpften. Nicht umsonst hatte sich Leonardo, als er am Sforzadenkmal arbeitete, mit dem Studium des Rosses in Ruhe und Bewegung, mit seinem Körperbau nach innen und außen beschäftigt, und mit den Früchten dieses Studiums wollte er an dieser

Abb. 95. Mädchenkopf. Nach einer Zeichnung in der Ambrosianischen Bibliothek zu Mailand.
(Nach einer Originalphotographie von Braun, Clément & Cie. in Dornach i. E. und Paris.)

bevorzugten Stelle seiner Vaterstadt glänzen, besonders einem Verächter wie Michelangelo gegenüber, dem der Gonfaloniere inzwischen die Bemalung der entgegengesetzten Wand übertragen hatte, obwohl sich Michelangelo damals als Maler noch gar nicht bewährt hatte. Benvenuto Cellini, der in seiner Selbstbiographie auch des Kartons von Leonardo gedenkt, erzählt, daß der Meister ein „Treffen der Reiterei" dargestellt habe, „wobei einige Fahnen erobert werden, so göttlich gemacht, als man sich's nur vorstellen kann". Es war also zum mindesten eine ganze Reiterschlacht, ein Kampf von Reitern mit Reitern und ein Vorstoß der florentinischen Reiterei gegen die Fußtruppen des Gegners. Nach der Denkschrift Leonardos ist es aber wahrscheinlich, daß noch mehr auf dem Karton zu sehen war. Danach war eine Brücke der Hauptstützpunkt

der Stellung der Florentiner, und um die Brücke wogte der Kampf hin und her. Dann spielte aber auch der Patriarch von Aquileja, der vom Papste dem florentinischen Heere beigegeben war, eine Hauptrolle. Er war für die Florentiner eine Art Vorsehung, der die Verbindung mit den himmlischen Mächten aufrecht erhielt, aber auch Oberfeldherr war, indem er von einem Berge aus die Bewegungen des Feindes beobachtete und danach die Taktik der Florentiner einrichtete. Als er zu Gott um den Sieg betete, erschien ihm der heilige Petrus aus einer Wolke und sprach zu ihm. Danach hat man schon zwei Momente: links den Patriarchen mit seiner Umgebung auf dem Berge, in der Mitte den Kampf um die Brücke, und der Abschluß der Komposition auf der rechten Seite wird dann die Flucht der mailändischen Truppen ge-

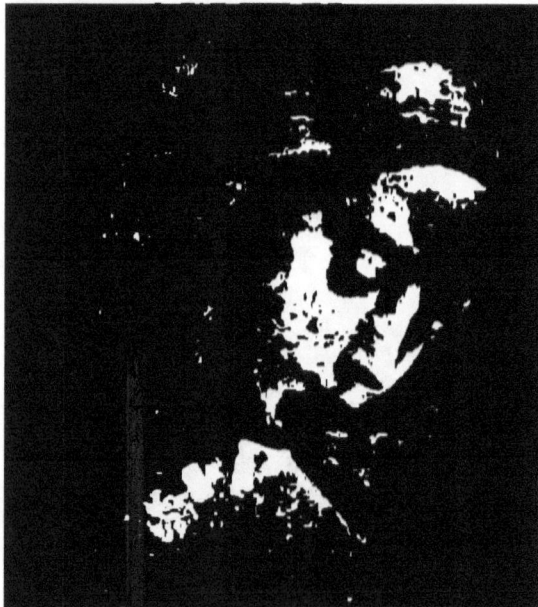

bildet haben. Es liegt nahe, nach der eigenen Schilderung Leonardos, aus der sich die Hauptpunkte seiner Komposition wie etwas Selbstverständliches ergeben, an Raffaels Konstantinsschlacht zu denken, deren Komposition in drei ganz ähnliche Hauptmomente gegliedert ist. Raffael gehört zu denen, die in Florenz nach den Kartons Leonardos und Michelangelos studiert und gezeichnet haben. „Es hingen diese Kartons," so berichtet Cellini, „einer in dem Palast der Medicis, einer in dem Saale

Abb. 96. Weiblicher Studienkopf. Nach einer Zeichnung in den Uffizien zu Florenz. (Nach einer Originalphotographie von Braun, Clément & Cie in Dornach i. E. und Paris.)

des Papstes, und solange sie ausgestellt blieben, waren sie die Schule der Welt." Es ist also nicht unwahrscheinlich, daß die Komposition Leonardos in der des empfänglichen, fremden Einflüssen leicht zugänglichen Raffael für seine Konstantinsschlacht ein Echo gefunden hat.

Wie lange die beiden Kartons öffentlich ausgestellt waren, wissen wir nicht. Was den Michelangelos betrifft, der eine Episode aus den Kämpfen der Florentiner gegen die Pisaner und speciell aus der Schlacht bei Cascina darstellte, wo florentinische Soldaten, beim Baden im Arno von Pisanern überrascht, sich eiligst in die Kleider warfen und den Feinden die Stirn boten, so läßt sich seine Spur, in einzelnen Stücken wenigstens, noch bis

Abb. 97. Studienkopf. Nach einer Zeichnung im Schlosse zu Windsor.
(Nach einer Originalphotographie von Braun, Clément & Cie. in Dornach i. E. und Paris.)

in den Anfang des XVII. Jahrhunderts verfolgen, wo sich Teile des Kartons in Mantua befanden und Rubens, dem Hofmaler des Herzogs Federigo, als Vorbilder für eine Taufe Christi dienten. Über die Schicksale von Leonardos Karton erfahren wir aber nichts, und die Studien und Zeichnungen, die mit dem Karton in Verbindung gebracht werden, sind so zweifelhaft und so unbestimmt, daß sie uns keine weiteren Anhaltspunkte über den Inhalt des Kartons gewähren können. Cellini hat ihn offenbar noch selbst gesehen. Nicht so sicher ist es aber, ob ihn der um mehr als zehn Jahre jüngere Vasari jemals vor Augen gehabt hat. In seiner Beschreibung

findet sich nämlich ein Punkt, der vermuten läßt, daß er nur noch die Gruppe kennen gelernt hat, die, wie wir später sehen werden, von Leonardo wirklich auf der Wand in Farben ausgeführt worden ist. Er spricht bei der Schilderung von einem Soldaten, der mit der einen Hand den Fahnenschaft festhält und mit der anderen das Schwert

zum Schlag erhebt, und bemerkt, daß er ein „rotes Barett" trage. Das ist also ein Beweis, daß er seine Beschreibung nicht nach dem farblosen Karton, sondern nach dem an die Wand gemalten Fragment gemacht hat.

Leonardo begann in der That, nachdem er den Karton vollendet, mit der Ausführung, während sein Nebenbuhler auch nicht einmal dazu kam. Aber wie bei dem Abendmahl verdarb ihm seine Experimentierlust

nicht bloß die Arbeit, sondern, wie es scheint, auch die Lust zu ihrer Fortsetzung. Er soll einen Versuch mit einer Art von Wachsmalerei gemacht haben, die er nach der Weise der Alten enkaustisch, d. h. durch Einbrennen behandelte, und als dieser Versuch fehlschlug, griff er wieder zur Malerei mit Öl und zwar, wie ein Biograph zu erzählen weiß, mit Nußöl. Nach dem Bericht Vasaris war aber die Tünche, mit der er auf der Wand den Malgrund hergestellt hatte, so grob, daß sie beim Malen durchschlug. Das soll ihm dann die Fortsetzung seiner Arbeit verleidet haben. Es sind aber sicherlich noch andere Gründe hinzugetreten. Denn das vollendete Stück war noch im Jahre 1513 so gut erhalten, daß Vorsichtsmaßregeln getroffen wurden, um das Fragment vor dem Verderben zu bewahren.

Der Zufall hat es gefügt, daß uns von derselben Gruppe, die Vasari beschrieben hat, eine bildliche Anschauung in einer Zeichnung erhalten geblieben ist, die sich im Louvre befindet und seit dem vorigen Jahrhundert als eine Arbeit von Rubens gilt (Abb. 88). Allgemein bekannt geworden ist sie durch einen prächtigen Stich von Edelinck, der jedoch nur den Namen Leonardos nennt. Die ganze Art der zeichnerischen Behandlung spricht aber dafür, daß die Überlieferung recht hat, und es lag auch ganz in der aufs Dramatische gerichteten Kunst des Antwerpener Meisters, eine so kostbare Kopie von seinem italienischen Aufenthalt mit in die Heimat zu führen. Wie Michelangelos Karton der badenden Soldaten ihn bei seiner Taufe Christi inspiriert hat, so hat der Leonardosche Reiterkampf seine Phantasie befruchtet, als er in seinen Löwenjagden und in seiner Amazonenschlacht die gewaltigsten Leiden-

schaften von Menschen und Tieren aus-
toben ließ.

Die erste Unterbrechung in der Arbeit
scheint durch eine Reise verursacht worden
zu sein, die Leonardo zu Anfang des Jah-

liches Gehalt von fünfzehn Goldgulden.
Auch daheim in seiner Werkstatt war er
nicht müßig, da er doch wenigstens seine
Schüler, von denen schon in dem Briefe
des Karmeliterpaters an die Marchesa Isa-

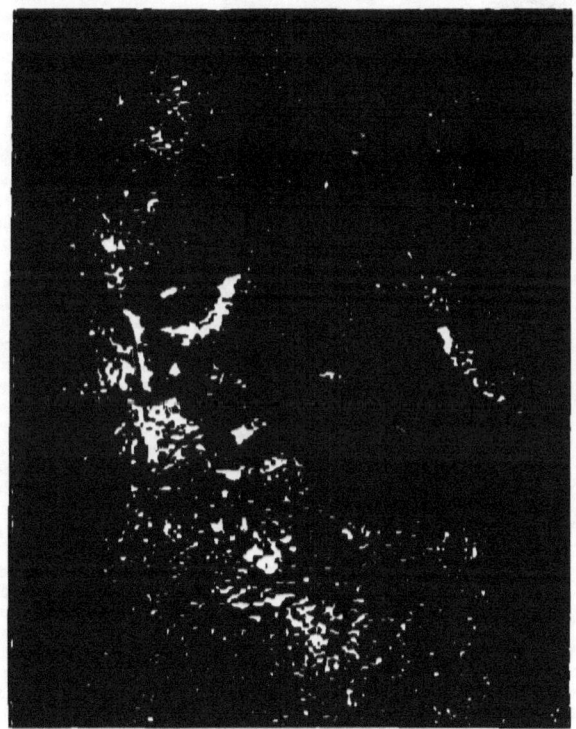

Abb. 50. Studienkopf zur Madonna Lilla. Nach einer Zeichnung im Louvre zu Paris.
(Nach einer Originalphotographie von Braun, Clément & Cie. in Dornach i. E. und Paris.)

res 1505, wir wissen nicht zu welchem
Zweck, nach Rom unternahm. Wir erfahren
davon nur aus einer Rechnung der Signoria,
die für ihn eine kleine Summe als Zoll-
gebühr für einen Packen mit Kleidern ausgelegt hatte, die ihm aus Rom nachgeschickt
worden waren. Für seine Arbeit im Rats-
saale bezog Leonardo nämlich ein monat-

bella von Mantua die Rede war, beschäftigen mußte. Es scheint wirklich, daß er
sie nach seinen Zeichnungen und Kartons
Bildnisse und vielleicht auch kleine Madonnenbilder ausführen ließ, die dann als
Werke seiner Hand Liebhaber fanden. Endlich kamen Familienangelegenheiten sehr ver-
drießlicher Art hinzu, die seine Arbeit im

Abb. 100. Studienkopf. Nach einer Zeichnung im Schloße zu Windsor. (Nach einer Originalphotographie von Braun, Clément & Cie. in Dornach i. E. und Paris.)

zweiten Erbschaftsprozeß vermehrt hatten, als Sieger hervor. —

Nach dem Berichte Vasaris hat Leonardo während dieser Jahre seines Florentiner Aufenthaltes außer den genannten Werken noch zwei Frauenbildnisse gemalt. Das eine stellte die Gattin des Amerigo Benci, Ginevra, dar. Es ist verschwunden, wie so vieles andere, und Vasari scheint das Bild auch nicht mehr selbst gesehen zu haben, da er es latonisch eine „cosa bellissima" (eine sehr schöne Sache) nennt. Desto länger verweilt er bei dem zweiten Bildnisse, dem der Mona Lisa, der dritten Gemahlin des Francesco del Giocondo, das unter dem Namen „La Joconde" (die Gioconda) unter den höchsten Kleinodien der Kunst im Salon carré des Louvre hängt, wohin es aus dem Besitze König Franz' I. gekommen ist (Abb. 89). Vasari erzählt, daß Leonardo vier Jahre daran gemalt und es doch unvollendet gelassen habe, nach seiner Meinung nämlich, weil er sich dabei ein koloristisches Problem gestellt hatte, das er noch nicht zu seiner Befriedigung gelöst

Saale des großen Rats unterbrachen. Sein Vater war am 7. Juli 1504 gestorben, und als zwei Jahre später, am 30. April 1506, die Erbteilung stattfand, sah sich Leonardo völlig übergangen. Aufs höchste durch diese Zurücksetzung erbittert, begann er jene Prozesse mit seinen Brüdern, die sich durch viele Jahre hinzogen und nicht wenig dazu beitrugen, seine Menschenfeindlichkeit zu steigern. Auf einen materiellen Gewinn, der bei der großen Zahl der von Piero da Vinci hinterlassenen Kinder nicht beträchtlich sein konnte, kam es ihm sicherlich nicht an. Er wollte nur sein gutes Recht verfechten, und er ging auch schließlich aus den Streitigkeiten, die sich durch den 1507 erfolgten Tod eines kinderlosen Oheims noch um einen

zu haben glaubte, obwohl wir darin die höchste Offenbarung seines malerischen Genies und einen Markstein in der Geschichte des Kolorits erblicken. Bei der Schilderung dieses Bildes schwelgt Vasari in der Bewunderung aller Einzelheiten. Er preist den Schimmer und das Feuchte in den Augen, das man nur bei lebenden Wesen sehen könne, also jene Vorzüge, die schon die Griechen an den Gebilden des Praxiteles rühmten, dann die Umgebung der Augen mit rötlichen und bläulichen Tönen, die feinen Haare der Augenbrauen, die bald spärlicher, bald dichter gedrängt aus der Haut hervorzuwachsen schienen, die Nase, den Mund, die feine Harmonie zwischen dem Rot der Lippen und dem Fleischton des ganzen Gesichts und dergleichen mehr. Um dieses Wunder höchster Lebenswahrheit zu erreichen, habe Leonardo dafür gesorgt, daß immer, während er an dem Bildnis malte, Leute, die sangen oder musizierten, oder Spaßmacher zugegen waren, um die Dargestellte während der Sitzungen bei heiterer Laune zu erhalten und damit kein melancholischer oder gelangweilter Zug in ihr Bildnis hineinkäme. Und in der That gelang es Leonardo, in dieses Antlitz ein gewinnendes Lächeln hineinzubringen, das — so ruft Vasari begeistert aus — mehr göttlich als menschlich anzusehen war.

Leider sind wir nicht mehr in der Lage, die Begeisterung Vasaris in vollem Umfange nachzuempfinden. Durch einen unverständigen Restaurator ist gerade das Antlitz der holdseligen Florentinerin so verpuzt worden, daß die Harmonie des Tons, die Wärme des Fleisches völlig verschwunden sind und der Kopf nur noch den Eindruck macht, als sei er grau in grau gemalt. Nur die Hände sind ziemlich unversehrt geblieben, und sie sind uns ein kostbares Zeugnis, das wir allen denen entgegenhalten können, die sich nicht scheuen, das Andenken des großen Meisters durch Zuweisung stümperhafter Werke zu verunglimpfen. Auch die sich tief in das Bild hineinziehende Dolomitenlandschaft, durch die sich Ströme und Bäche zwischen phantastischen Felsenufern hindurchschlängeln, zeigt in ihren allmählichen Abstufungen von einem matten Braun zu einem lichteren Grün und zuletzt zu einem hellleuchtenden Blau noch die eigene Hand Leonardos, seine gründliche Kenntnis der Luftperspektive und der langsam in der Ferne verschwindenden Töne. Das

Bewunderungswürdigste an dem Bilde aber ist die Weichheit der Formenbehandlung, das Hellbunkel, das die ganze Gestalt umschmeichelt und die Formen in einen farbigen Schimmer hüllt, sie gleichsam auflöst und der plastischen Schärfe entkleidet, die bisher die charakteristische Eigentümlichkeit der florentinischen Kunst gewesen war. Ihr tritt Leonardo mit diesem Bilde zum erstenmale bewußt entgegen. In Mailand war er zum Maler im wirklichen Sinne des Wortes geworden, und das zeigte er den Florentinern, die allesamt nicht malen konnten, den stolzen, ehrgeizigen Michelangelo mitinbegriffen. Während dieser sich aber der neuen Lehre hartnäckig verschloß, jauchzten alle jüngeren Künstler dem großen Lehrmeister zu, und in dieser Schule wurde auch ein schüchterner, aber lernbegieriger Jüng-

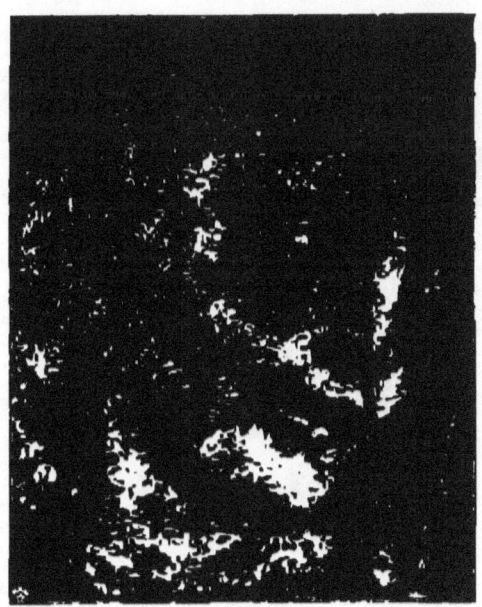

Abb. 101. Weiblicher Studienkopf.<br/>
Nach einer Zeichnung in der Ambrosianischen Bibliothek zu Mailand.<br/>
(Nach einer Originalphotographie von Braun, Clément & Cie. in Dornach i. E. und Paris.)

ling aus Umbrien zum Maler — der junge
Raffael.

Wie Raffaels Sixtinische Madonna ist
auch Leonardos Mona Lisa eines der wenigen Werke von Menschenhand, denen man
es nicht ansieht, daß und wie sie geworden
sind. Der Schöpfungsprozeß ist so völlig
in dem Produkt der Schöpfung aufgegangen,
daß kein Rest übriggeblieben ist, und wir
begreifen nicht, daß Leonardo, der rast-
und rücksichtslose Wahrheitsucher, auch
dieses Werk für unvollendet erklären konnte.
Von diesem Bilde gilt ganz besonders, was
Hermann Grimm mit dem feinen Empfinden
des Dichters von den Meisterwerken Leonardos sagt: „Er besitzt das Geheimnis,
das Klopfen des Herzens beinahe aus dem
Antlitz derer lesen zu lassen, die er darstellt. Er scheint die Natur in ewigem
Sonntagsglanze zu erblicken, gar nicht anders. Wir, weil unsere Sinne sich ab-
stumpfen allgemach und weil wir denselben
Verlust bei unseren Freunden entdecken,
glauben zuletzt, der frische, frühlingsreine
Anblick der Natur und des Lebens, der
sich uns aufthat, solange wir Kinder waren,
sei nur eine Täuschung des Glückes gewesen, und das gedämpftere Licht, in dem
sie uns später erscheinen, gewähre die
wahrhaftigere Betrachtung. Aber treten wir
vor Leonardos schönste Werke, ob da nicht
die Träume idealen Daseins wieder natürlich und inhaltsreich erscheinen!"

Als später das unvergleichliche Bild
aus dem Besitze des Bestellers in fremde
Hände gekommen war, hat es Leonardo
selbst für 4000 Goldstücke (etwa 30 000
Mark) zurückgekauft, im Auftrage seines
königlichen Beschützers Franz I. von Frankreich, der alles, was er noch von Leonardos
Hand erreichen konnte, in sei-
nen Besitz zu bringen suchte.
Für die hohe Wertschätzung,
deren das Bild schon zur
Zeit seiner Entstehung genoß,
spricht auch das Vorhanden-
sein mehrerer gleichzeitiger
Kopien. Man hat bis jetzt
ihrer acht entdeckt, von denen
eine, die sich im Prado-
museum zu Madrid befindet,
so vorzüglich ist, daß man
auch an ihr die Hand Leo-
nardos wahrnehmen zu kön-
nen glaubte. Vielleicht gehört sie zu den Bildnissen,
die Leonardo unter seinen
Augen von Schülern an-
fertigen ließ und an die er
gelegentlich selbst die Hand
anlegte.

Auf einen dieser Schüler
Leonardos ist wohl auch die
weibliche, halbnackte Halbfigur in der Ermitage zu
St. Petersburg zurückzuführen, die sich als eine freie
Umschreibung der Mona Lisa
darstellt (Abb. 90). Die
Haltung und die ganze An-
ordnung der Figur sind eng
mit der Mona Lisa ver-
wandt, und noch enger ist
die Übereinstimmung im

Abb. 102. Studienkopf.
Nach einer Zeichnung in den Uffizien zu Florenz.
(Nach einer Originalphotographie von Braun, Clément & Cie. in Dornach i. E.
und Paris.)

landschaftlichen Hintergrunde.
Aber im Gegensatz zu dem
gleichsam schwebenden Lächeln,
das wie ein Sonnenstrahl
über das Antlitz der Mona
Lisa huscht, scheint das Lächeln auf dem Gesicht der
Petersburger Dame, die ganz
genau weiß, wie schön und
reizend sie ist, wie festge-
froren, und vollends ver-
raten die steife Zeichnung und
die leblose Modellierung den
Schüler. Vielleicht ist das
derselbe Künstler, der den jugendlichen Bacchus im Louvre,
der, einen Thyrsosstab in der
Hand und mit einem Pan-
therfell um die Lenden ge-
gürtet, im Vordergrunde einer
bergigen Landschaft auf einer
Erhebung des Bodens sitzt,
nach einer Zeichnung oder
einem Karton Leonardos gemalt hat (Abb. 91). Soll
doch auch eine Kreidezeichnung Leonardos für die Petersburger Schöne in der
Sammlung des Herzogs von
Aumale vorhanden sein!

Wenn man den Weg ver-
folgen will, auf dem Leo-
nardo von der „Belle Féronnière" zu dem Sfumato und
der Morbidezza, dem gleichsam in Rauch und Hauch zer-
fließenden Helldunkel und der

Abb. 103. Bildnisstudie. Nach einer Zeichnung in den Uffizien
zu Florenz.
(Nach einer Originalphotographie von Braun, Clément & Cie. in Dornach i. E.
und Paris.)

malerischen Weichheit der Mona Lisa gelangt
ist, muß man sich unter seinen weiblichen
Studienköpfen umsehen, von denen sich noch
eine große Zahl erhalten hat. Aber auch
dieses Material ist wie alles, wobei der Name
Leonardos in Betracht kommt, mit großer
Vorsicht zu benutzen, da von altersher dem
Meister Zeichnungen zugeschrieben und noch
jetzt hartnäckig als sein Eigentum verteidigt
werden, die seiner unwürdig sind oder doch
eine völlig andere Naturanschauung verraten. Dahin gehört zunächst der viel um-
strittene Frauenkopf in der Galerie Borghese
in Rom (Abb. 92), der sich in keine Periode
seines Schaffens einreihen läßt. Die Aug-
äpfel quellen förmlich unter den schwer
lastenden, wie aus Erz geformten Lidern

hervor, und mehr noch spricht die Behandlung der wie aus Draht gebildeten Haare
gegen Leonardo. Für einen Jüngling verrät die ganze Technik eine viel zu große,
kalte und flache Routine, und der Meister
Leonardo führte eine ganz andere, unendlich
freiere Handschrift, als dieser am Kleinen
hängende Künstler, von dem auch die beiden, die gleichen Eigenschaften aufweisenden
Frauenköpfe im Louvre und in der Ambrosianischen Bibliothek in Mailand herrühren (Abb. 93 und 94). Den jungen
Leonardo, der in Florenz eifrig nach der
Natur studierte und schon damals seine
Schul- und Zeitgenossen überflügelte, glauben
wir dagegen in jenen anmutigen Mädchen-
und Frauenköpfen zu erkennen, die die Ab-

bildungen 95—103 vorführen. Die beiden
ersten (Abb. 95 und 96) verraten in ihrer
zeichnerischen Bestimmtheit, in ihrer streng
plastischen Formenbehandlung den Schüler
eines Meisters, der, wie Verrocchio trotz
seiner Bereitwilligkeit, auch Aufträge von
Gemälden zu erledigen, in erster Linie
Bildhauer oder vielmehr Modelleur für den
Erzguß war. Große Linien und breite
Flächen mit Spiegelglanz! Aber aus diesem
Glanz entwickelt sich nach und nach das
Bedürfnis nach malerischer Modellierung.
Wenn man die drei eng in der Technik
verwandten Frauenköpfe in der Windsorsammlung und im Louvre (Abb. 97—99)
betrachtet, wird man gewahr, wie sich die
Härte der plastischen Modellierung bereits
in die zarte Weichheit der malerischen auf-
gelöst hat. Leonardo malt bereits mit dem
Zeichenstift. Er sucht, der Schärfe der
Konturen durch Licht und Schatten innerhalb ihrer Umgrenzung ein Gegengewicht
zu bieten, und schon sieht man ihn auf
sein Hauptziel, die Auflösung der plastischen
Formen im malerischen Hellbunkel, los-
steuern.

Der Frauenkopf, den Abbildung 99
wiedergibt, hat insofern noch eine besondere Bedeutung, als er mit wenigen Veränderungen für ein Gemälde benutzt worden
ist, das unter dem Namen der „Madonna
aus dem Hause Litta" bekannt ist und
lange Zeit als ein Werk Leonardos gegolten
hat. Der Frauenkopf ist wohl mit Sicherheit auf eine ersten florentinischen Zeit des
Meisters zuzuschreiben, nicht aber das Gemälde, das in seiner zarten, sorgfältigen,
fast glatten Ausführung das Gepräge der
mailändischen Schule trägt, in der sich das
koloristische Gefühl viel früher entwickelte
als in der florentinischen. Man darf sogar
sagen, daß Leonardo als Maler von den
Mailändern noch etwas lernen konnte und
auch gelernt hat, als er zum erstenmale
nach der Hauptstadt der Lombardei kam.
Waagen hat die Madonna Litta denn auch
der ersten Mailänder Zeit Leonardos zugeschrieben. Aber die malerische Technik
des Petersburger Madonnenbildes (Abb. 104)
deutet auf eine noch spätere Zeit, auf die
Zeit der höchsten Blüte der mailändischen
Schule Leonardos, die sich erst entwickelte,
als dieser sich zum zweitenmale völlig von
Florenz losgesagt hatte. Es wird etwa in

der Zeit um 1510 gemalt worden sein,
mit Benutzung von Studien des Meisters
und sicherlich auch von einem seiner hervorragendsten Schüler, wie ein so feinsinniger
Kenner wie Morelli glaubt, von Bernardino
de' Conti, einem Maler, dessen künstlerische
Physiognomie noch nicht so aufgeklärt ist,
daß man zu einem sicheren Urteil gelangen
kann. Hat er dieses Bild wirklich ausgeführt, so hat er damit eines der an-
mutigsten Madonnenbilder seiner Zeit geschaffen, das den großen Namens, den es
so lange getragen hat, nicht unwürdig war.

Zu einer späteren Entwickelungsstufe
Leonardos führen uns die Frauenköpfe, die
die Abb. 100—102 wiedergeben. Hier hat
der Meister bereits den Zauber entdeckt,
mit dem er das starre Wesen der von ihm
porträtierten Personen, das ihm so sehr zu-
wider war, zu bannen wußte. Hier sehen
wir, wie sich das himmlische Lächeln der
Köpfe Leonardos immer lebhafter, anmutiger
und reizvoller entfaltet, bis es sich endlich
zu jener göttlichen Hoheit erhebt, die uns
aus dem Antlitze der Mona Lisa und aus
einer berühmten Zeichnung der Uffizien in
Florenz entgegenstrahlt, die etwa gleichzeitig
mit dem holdseligsten Frauenbildnisse Leonardos entstanden ist (Abb. 103).

Wie jene drei Frauenbildnisse (Abb.
92—94) wird man auch eine Reihe von
großen Pastellbildnissen in der Ambrosianischen
Bibliothek in Mailand, die dort noch unter
Leonardos Namen gehen, aus der Reihe
seiner Werke streichen müssen. Es sind
zwar Bildnisse von ernster Auffassung und
von einer aufs Große gerichteten Formen-
gebung (Abb. 105 und 106); aber es fehlt
ihnen der tiefere physiognomische Reiz,
die innere Beseelung, die Leonardo auch
seinen Bildnisstudien mitzugeben pflegte und
mitgeben wollte, weil sie ihm meist schon
Selbstzweck waren oder ein gewisses Ziel in
seinen jeweiligen Absichten darstellten. Nach
der Meinung Morellis, der sich auch andere
Kunstforscher angeschlossen haben, sind diese
Bildnisse Arbeiten des Giovanni Antonio
Beltraffio, eines Mailänders aus adeligem
Geschlecht (1467—1516), der sich erst in
reiferem Alter der Kunst zuwandte und
während der ersten Mailänder Zeit Leonardos, noch bis 1490, sein Schüler war.
Diesem Beltraffio oder Boltraffio schreibt
man jetzt auch allgemein ein berühmtes

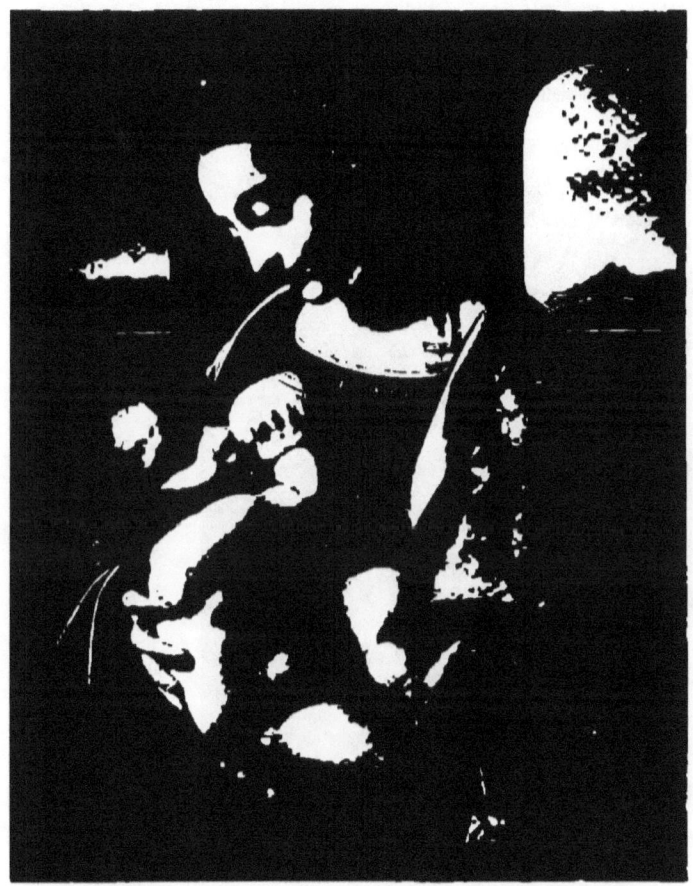

Abb. 101. Madonna aus der Familie Litta. In der Ermitage zu St. Petersburg.
(Nach einer Originalphotographie von Braun, Clément & Cie. in Dornach i. E. und Paris.)

Fresko im Kloster von Sant' Onofrio in Rom zu, das früher ebenfalls als ein unbestreitbares Meisterwerk Leonardos galt. Es befindet sich im ersten Stock des Klosters, in dem Gange, der zur Zelle führt, in der Torquato Tasso seine Zuflucht fand und im Wahnsinn starb, zwischen der Zellenthür und dem Fenster und stellt auf Goldgrund die Madonna mit dem Kinde dar, das den Stifter segnet (Abb. 107). Mit diesem Beltraffio wird auch die Zeichnung eines mit Weinlaub bekränzten Bacchuskopfes in Verbindung gebracht, der jedenfalls seine Herkunft aus der Schule Leonardos nicht verleugnen kann (Abb. 108), vielleicht auch die Kopie einer Originalzeichnung des Meisters ist, was auch von einer Reihe anderer Zeichnungen angenommen wird, die in den öffentlichen Sammlungen unter dem großen

Abb. 108. Bildnisstudie. Nach einer Zeichnung in der Ambrosianischen Bibliothek zu Mailand. Nach einer Originalphotographie von Braun, Clément & Cie. in Dornach i. E. und Paris.)

Kollektivnamen „Leonardo" geführt werden (vergl. die Abb. 109—112).

* * *

In der Erzählung des weiteren Schaffens und Lebens des Meisters haben wir oben inne gehalten, als die ersten Unterbrechungen während der Ausführung des Bildes der Anghiarischlacht auf der Mauer eintraten.

Verhängnisvoller als diese ist der Vollendung des Werkes eine Reise Leonardos nach Mailand geworden, zu der er von dem ihm immer noch wohlgesinnten Soderini am 30. Mai 1506 einen Urlaub von drei Monaten erhalten hatte, aber unter der Bedingung, daß er 150 Goldgulden Strafe zahlen müßte, wenn er nicht rechtzeitig zurückkehren würde. Was ihn nach Mailand gelockt hat, wissen wir nicht anzugeben. Müller-Walde glaubt zuversichtlich, in den Manuskripten und Zeichnungen Leonardos Beweise dafür gefunden zu haben, daß ihn abermals ein Auftrag zu einem Reiterdenkmal nach Mailand gerufen habe. Ludwig XII. ging mit der Absicht um, seinem siegreichen Feldmarschall Trivulzio ein solches Denkmal und zwar als Grabmonument in Mailand zu errichten, und dazu war niemand geeigneter als Leonardo, der ja lange Jahre an einem solchen Denkmal gearbeitet und auch schon mit seinen Vorarbeiten die Bewunderung der Mailänder geerntet hatte. Aus den Manuskripten Leonardos, auf die sich Müller-Walde stützt, geht auch so viel hervor, daß sich Leonardo wirklich mit einem zweiten, von dem Sforzadenkmale abweichenden Reiterdenkmale beschäftigt und sogar eine genaue Kostenrechnung dafür aufgestellt hat. Da aber auch dieses Projekt nicht über die ersten Vorbereitungen hinausgelangt ist, hat jede Erörterung

darüber keinen Wert für die weitere Thätigkeit Leonardos. Mag nun dieser Auftrag

französischer Herrschaft wieder befestigt
hatten, so angenehm geworden, daß er alles

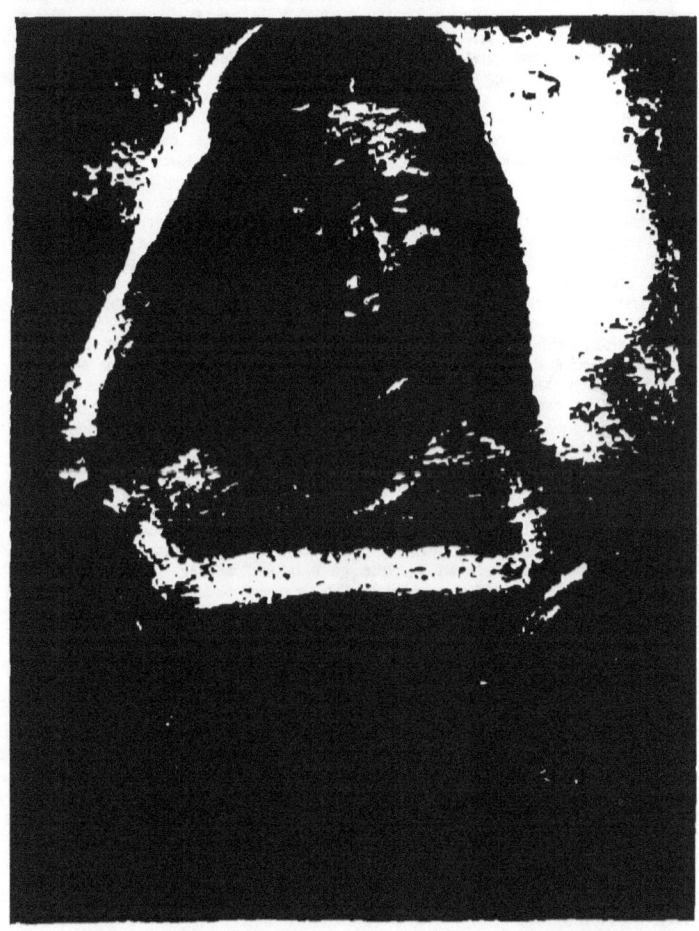

Abb. 106. Bildnisstudie. Nach einer Zeichnung in der Ambrosianischen Bibliothek zu Mailand.
(Nach einer Originalphotographie von Braun, Clément & Cie. in Dornach i. E. und Paris.)

oder ein anderer ihn nach Mailand geführt
haben — jedenfalls war ihm das Leben
dort, nachdem sich die Verhältnisse unter

aufbot, um seiner Verpflichtungen gegen
die Signoria von Florenz ledig zu werden.
Er fand dabei die lebhafte Unterstützung

der französischen Behörden, die bestimmte
Gründe haben mußten, um Leonardo in
Mailand festzuhalten, aber ebenso gute
Gründe hatten, mit der Signoria in Florenz,
die nach wie vor ihre den Plänen der
Franzosen günstige Neutralität in den kriegerischen Wirren Italiens bewahrte, in
freundlichem Einvernehmen zu bleiben. Noch
vor dem Ablauf des dem Künstler gewährten
Urlaubs begann ein lebhafter Briefwechsel
zwischen den Machthabern in Mailand und
Florenz, worin beide Teile ihr Anrecht
auf Leonardo mit reichem Aufwand von
Höflichkeiten und Gründen verfochten. Das
bessere Recht war ohne Zweifel auf seiten
des Piero Soderini, der nicht nur die Ansprüche der Signoria und die gezahlten
Gehaltsraten zu vertreten hatte, sondern
sich auch in seinem persönlichen Wohlwollen
für Leonardo durch dessen Saumseligkeit
getäuscht und gekränkt sah. Chaumont, der
Generalstatthalter des Königs von Frankreich, drückte sich dagegen in seinen Briefen
über die Ursachen, die Leonardo in Mailand zurückhielten, immer sehr unbestimmt
aus. Er wünschte nur die Vollendung
einer begonnenen Arbeit und bat zunächst
um Verlängerung des Urlaubes um einen
Monat. Im Dezember 1506 ist dann
abermals in einem Briefe Chaumonts an
die Signoria von Florenz von der Rückkehr
Leonardos die Rede. Sie ist aber in Wirklichkeit erst im September 1507 erfolgt,
nachdem ihm Chaumont noch ein besonderes
Geleitsschreiben mitgegeben, worin er ihn
„den Maler Seiner allerchristlichsten Maje-
stät" nennt und ihn der Signoria wegen
einer Erbschaftsangelegenheit, die er mit
seinen Brüdern zu ordnen hätte, dringend
empfiehlt. Leonardo war also schon im
Laufe des Jahres 1507 in den Dienst des
Königs Ludwig XII. als Hofmaler getreten,
wofür er ein festes Gehalt bezog.

Dem mißtrauischen Leonardo, der oben-
ein noch der Signoria von Florenz gegenüber ein schlechtes Gewissen hatte, ge-
nügte jener Geleitsbrief noch nicht. Zur
größeren Sicherheit wandte er sich an einen
Gönner, den er früher in Mailand kennen
gelernt hatte, den Kardinal Ippolito
d'Este von Ferrara, der mit einem einfluß-
reichen Mann in Florenz, einem gewissen
Raffaello Jheronimo, der Hauptmann bei
der Signoria war, in freundschaftlicher Ver-

bindung stand. Der vom 18. September
datierte Brief Leonardos ist charakteristisch
für sein Rechtsbewußtsein und für seine
Zähigkeit in der Wahrung seiner Rechte.
„Seit einigen Tagen," so schreibt er an den
Kardinal aus Florenz, „bin ich von Mailand
hier angekommen, und da einer meiner
Brüder sich weigert, das Testament zu voll-
strecken, das mein Vater vor drei Jahren,
als er starb, gemacht hat, habe ich es nicht
unterlassen wollen, damit ich mir selbst in
einer mir wichtigen Angelegenheit nichts ver-
gebe und obgleich das gute Recht auf
meiner Seite ist, Eure Eminenz um
einen Empfehlungsbrief zu bitten an den
Herrn Raffael Jheronymo, der gegenwärtig
einer unserer höchsten Würdenträger ist, vor
denen mein Fall zur Verhandlung kommt,
und der außerdem von Seiner Excellenz dem
Gonfaloniere noch ganz besonders beauftragt
ist mit meiner Sache, die vor dem Feste
Allerheiligen entschieden und beendigt sein
muß. Darum, Monsignore, bitte ich Eure
Eminenz, so sehr ich nur bitten kann, dem
Herrn Raffael einen Brief zu schreiben und
Leonardo Vinci, der Euer leidenschaftlicher
Diener von jeher war und immer sein wird,
darin bestens zu empfehlen, ferner den Herrn
Raffael zu bitten, mir nicht nur Gerechtig-
keit widerfahren zu lassen, sondern auch eine
günstige Entscheidung treffen zu wollen.
Ich bezweifle nach den vielen Nachrichten
die ich erhalten habe, keineswegs, daß Herr
Raffael, welcher für Eure Eminenz eine
große Anhänglichkeit besitzt, den Dingen die
Wendung geben wird, die mir erwünscht
ist, und würde eine günstige Entscheidung
natürlich dem Briefe Eurer Eminenz zu-
schreiben, der ich von neuem die Ehre habe,
mich zu empfehlen. Et bene valeat! (Und
möge er gute Kraft haben!) Euer ergebenster
Diener Leonardus Vincius pictor."

Aber alle Empfehlungsbriefe halfen
vorläufig nichts. Der Prozeß wurde, vielleicht mit Absicht, in die Länge gezogen, weil
die Signoria ein Interesse daran hatte, Leonardo zur Vollendung seiner angefangenen
Arbeiten anzuhalten, und dazu war nur
Aussicht vorhanden, wenn er so oft als möglich von Mailand nach Florenz kommen
würde. Mit der Langsamkeit der florentinischen Rechtspflege hielt aber auch die
Zähigkeit Leonardos gleichen Schritt. Er
ließ es sich nicht verdrießen, immer wieder

von Mailand nach Florenz zu reisen, und umgekehrt, und schließlich muß es so weit gekommen sein, daß er in beiden Städten eine Werkstatt hatte, in der er abwechselnd, je nach dem Stand seiner Erbschaftsangelegenheiten, thätig war. In Mailand wurde, wie es scheint, zunächst seine Thätigkeit als Ingenieur und Wasserbaumeister in Anspruch genommen. Arbeiten, die er

Bewässerung ihrer Felder bedurften. Leonardo legte Schleusen an, um das nötige Wasser abzufangen, und er ließ auch Schifffahrt auf seiner Kanalstrecke betreiben, die er durch Anlage eines Stapelplatzes förderte.

Der große Idealist, der das Abendmahl Christi für die ganze christliche Menschheit zu einem ewig gültigen Sinnbilde erhoben hat, war in seinem Privat

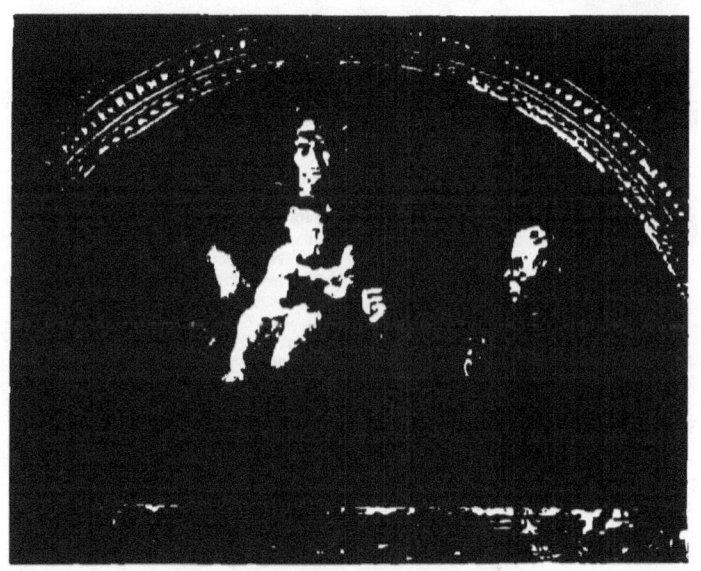

Abb. 107. Madonna mit dem Stifter. Von Boltraffio?
Nach dem Freskogemälde im Kloster Sant' Onofrio in Rom.
(Nach einer Originalphotographie von Braun, Clément & Cie. in Dornach i. E. und Paris.)

schon unter der Herrschaft des Lodovico Sforza begonnen hatte, scheint er wieder aufgenommen zu haben. Er baute am Martesanakanal weiter, legte neue Kanäle an, und da er für seine Arbeiten auch unter der Herrschaft der Franzosen nicht immer in barem Gelde bezahlt wurde, erhielt er aus dem Kanal San Cristoforo eine Gerechtsame. Er durfte zwölf Zoll Wasser für eine bestimmte Strecke ableiten, um die Quantität des dadurch gewonnenen Wassers an Landleute zu verkaufen, die deren zur

leben ein Realist, ein Geschäftsmann, dessen Betriebsamkeit und Schlauheit ebensogut für das XIX. Jahrhundert ausgereicht hätten, wie die Klugheit des Erfinders, der bereits mit prophetischem Sinn die Wege gewiesen hat, die erst 300 Jahre nach seinem Tode wiedergefunden wurden und zu den höchsten Zielen geführt haben. So wußte er schon im Jahre 1507 den ihm wohlgesinnten Statthalter Chaumont dahin zu bringen, daß er ihn im Besitz des Weinbergsguts bestätigte, das ihm der Herzog Lodovico

Abb. 108. Studie zu einem Bacchus.
Nach einer Zeichnung in der Akademie zu Venedig.
(Nach einer Originalphotographie von Braun, Clément & Cie.
in Dornach i. E. und Paris.)

Sforza 1499 zur unumschränkten Verfügung und Vererbung geschenkt hatte, und
als König Ludwig XII. 1509 seinen Einzug in Mailand hielt, war Leonardo nach
seiner Gewohnheit eifrig bei der Sache, um
durch Triumphbögen und andere De-
korationen dieser Feierlichkeit ein vor-
nehmes, künstlerisches Gepräge zu geben.
Diese Vielseitigkeit war es besonders, die
Leonardos Macht über alle, die mit ihm
in Verkehr traten, gründete und befestigte.
In einem der Briefe, den Chaumont an
die Signoria von Florenz geschrieben hat,
sagt er, daß alle, die Leonardos Werke
gesehen, eine große Neigung zu ihm gefaßt
hätten, ebenso auch er, der Schreiber des
Briefes. Aber nachdem er in Mailand mit
ihm verkehrt und durch eigene Erfahrung
seine mannigfachen Tugenden erprobt, habe
er wirklich gesehen, daß der Ruhm, den er
in der Malerei erlangt, dunkel im Vergleich zu dem sei, den er wegen seiner anderen ihm inne wohnenden Tugenden ver-
diene. Er habe ihn in allen Dingen, in der
Zeichnung, Baukunst ꝛc. als trefflich bewährt
gefunden. In der That ist denn auch Leonardo
während dieser bewegten Zeit um seinen

baukünstlerischen Rat bei den Arbeiten
zur Fortsetzung des Mailänder Doms
befragt worden. Unter der Herrschaft
Lodovicos gehörte er bereits zu den Dom-
baumeistern, und er soll auch ein Modell für den Bau einer Kuppel angefertigt
haben. Am 21. Oktober 1510 fand
wieder einmal eine Beratung der Dom-
baumeister statt, deren Gegenstand der
Weiterbau der Kuppel war und an der
auch Leonardo teilnahm.

Daß unter solchen Beschäftigungen
und seinen fortwährenden Reisen zwischen
Mailand und Florenz die Ausführung
von Gemälden, die König Ludwig von
ihm zu haben wünschte, verzögert wurde,
ist selbstverständlich. Aber er muß doch
ab und zu etwas Fertiges zustande gebracht haben, da seine Auftraggeber in
Frankreich und Mailand nicht die Geduld verloren, sondern ihm ihre Gunst
unwandelbar erhielten. Es ist gelegentlich in einem Briefe nur von einem
Madonnenbilde die Rede, und von zwei
Madonnenbildern spricht Leonardo selbst
in zwei Briefen, die er zu Anfang des
Jahres 1511 von Florenz, wo er sich
wegen seines Prozesses wiederum aufhielt,
an den Statthalter des Königs, Girolamo
Cusano — Chaumont war kurz vorher
gestorben — und an den Präsidenten von
Mailand, das Haupt der städtischen Behörde,
richtete. Der erste dieser beiden Briefe,
die in ihrem Inhalte übereinstimmen, hat
folgenden Wortlaut: „Ich fürchte, daß
meine geringe Erkenntlichkeit gegen die
großen Wohlthaten, die ich von Eurer Herrlichkeit erhalten, Euch etwas unzufrieden
mit mir gemacht haben, und daß es daher
komme, daß ich auf so viele an Eure
Herrlichkeit gerichteten Briefe noch niemals
Antwort erhalten habe. Jetzt sende ich nun
den Salai dorthin, um Eurer Herrlichkeit
mitzuteilen, daß ich fast am Ende des Prozesses bin, den ich mit meinen Brüdern
habe, und daß ich hoffe, mich diese Ostern
dort (in Mailand) zu befinden und zwei
Bilder der heiligen Jungfrau von ver-
schiedener Größe mitzubringen, die für
unseren allerchristlichsten König gemalt sind
oder für wen sonst es Eurer Herrlichkeit
genehm sein wird. Es wäre mir sehr lieb,
bei meiner Rückkehr dorthin zu wissen, wo
ich meine Wohnung erhalten würde, weil

ich Eurer Herrlichkeit keine Unbequemlichkeit mehr verursachen möchte, und ob, da ich doch für den allerchristlichsten König gearbeitet habe, mein Gehalt fortzulaufen hat oder nicht.

„Ich schreibe an den Präsidenten von jenem Wasser, das mir der König geschenkt hat, in dessen Besitz ich aber noch nicht gesetzt worden bin, weil zu jener Zeit wegen der großen Dürre Mangel daran im Kanal war, sowie auch dessen Mündungen noch nicht reguliert waren. Doch versicherte er mich, daß ich nach geschehener Regulierung in Besitz davon gesetzt werden würde. So ersuche ich denn Eure Herrlichkeit wiederholt, es sich nicht verdrießen zu lassen, jetzt, da diese Mündungen reguliert sind, den Präsidenten an meine Abfertigung erinnern zu lassen, d. h. mir den Besitz des vorgenannten Wassers zu geben, da ich bei meiner Ankunft darauf Maschinen und Dinge zu machen gedenke, die unserem Allerchristlichsten Könige zum großen Vergnügen gereichen werden."

Wie in den übrigen Briefen, die wir von Leonardo kennen, überwiegen auch in diesen die Sorgen um die Bedürfnisse des täglichen Lebens und Besitzstreitigkeiten alle anderen Interessen, und die künstlerischen treten vollends hinter den hydraulischen und mechanischen Arbeiten zurück, die zum Teil auf Spielereien zum Vergnügen hoher Herren hinausliefen. Die Andeutungen, die er über zwei in Florenz vollendete Madonnenbilder macht, sind so unbestimmt, daß sie nicht den geringsten Anhaltspunkt geben, der uns gestattete, eines der noch vorhandenen Werke Leonardos damit zu identificieren. Der Umstand, daß er in Florenz, wo er sich diesmal längere Zeit aufgehalten zu haben scheint, seinen Schüler und Gehilfen Salai, der auch

Dienerstelle bei ihm vertrat, bei sich gehabt hat, läßt übrigens vermuten, daß dieser und neben ihm vielleicht noch andere Schüler, dem früheren Brauche Leonardos entsprechend, nach dessen Kartons Bilder in Öl ausgeführt haben, die Leonardo dann überging, und zu dieser Art von Gemälden mögen auch jene beiden Madonnenbilder gehört haben.

Außer jener obenerwähnten Madonna Litta gibt es in öffentlichen und privaten Sammlungen noch mehrere, die zwar den Namen Leonardos mit Unrecht tragen, aber doch in so engem Zusammenhange mit ihm stehen, daß auch bei ihnen die Annahme gerechtfertigt erscheint, sie seien nach seinen Kartons von Schülern gemalt worden und mit seiner Zustimmung als seine eigenen Werke in die Welt gegangen. Das schönste

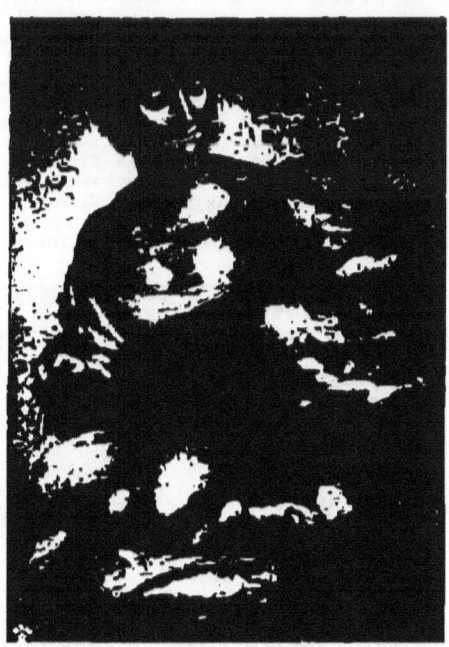

Abb. 109. Studie zu einem Madonnenbilde. Nach einer Zeichnung in den Uffizien zu Florenz. (Nach einer Originalphotographie von Braun, Clément & Cie. in Dornach i. E. und Paris.)

dieser Madonnenbilder, im weitesten Sinne des Wortes genommen, ist die heilige Familie mit der heiligen Katharina in der Ermitage zu St. Petersburg (Abb. 113). Morelli hat ausfindig gemacht, daß dieses Bild sich im Jahre 1595 im Besitz des Senators Galeazzo Visconti in Mailand befand und damals als ein Werk des Cesare da Sesto bezeichnet wurde. Mit vollem Recht, da es mit mehreren beglaubigten Bildern dieses Künstlers übereinstimmt, der, um 1480 in Sesto Calende am Lago Maggiore geboren, um 1507, also fast zugleich mit Leonardo, nach Mailand kam und dort bis um 1512 unter dem Einfluß des Meisters thätig war, zu dem sich in seinen späteren Jahren noch der Einfluß Raffaels gesellte. In dem Kopf der Madonna wie in dem des Kindes ist jedoch der Leonardo eigentümliche Gesichtstypus noch in völliger Reinheit erhalten. Zu dem Kinde hat offenbar die oben (S. 88) wiedergegebene Zeichnung, die Morelli ebenfalls dem Cesare da Sesto zuschreibt, als Studie gedient. Noch enger an Leonardo schließt sich ein etwas früher entstandenes Madonnenbild desselben Künstlers im Louvre an, das unter dem Namen „die Jungfrau mit der Wage" (La vierge aux balances) bekannt ist (Abb. 114). Hier haben sich zu der Madonna noch die heilige Elisabeth und der Erzengel Michael

gesellt, der eine Wage hält, mit der das Christuskind spielt. Der Vordergrund einer Felsgrotte, deren Gestein sich an der Seite wie ein Fenster öffnet, um einen Blick ins Freie zu gewähren, ist der Schauplatz dieser idyllischen Familienscene, die gleichwohl nicht ohne symbolisch-dogmatische Bedeutung ist. Dafür spricht die Anwesenheit des Erzengels Michael, der dem künftigen Weltenrichter die Wage hält, in der er das Schicksal der Seligen und der Verdammten abwägen wird. Wieder ist es der Kopf der Madonna mit den zierlich gewellten Haaren und dem durchsichtigen, vom Hinterhaupt auf die Schultern herabfallenden Schleier, der in jedem Zuge auf Leonardosche Vorbilder zurückweist.

Noch eine zweite Madonna im Louvre (Abb. 115) geht auf ein Vorbild Leonardos zurück, auf die Komposition der heiligen Anna Selbdritt, der die Figur der Madonna, die sich, im Vordergrunde einer Landschaft vor einer Ruine sitzend, zu den beiden sich umfassenden Kindern herabbeugt, ohne wesentliche Veränderungen entlehnt ist. Ein ähnliches Bild, auf dem jedoch statt der beiden Kinder der kleine Heiland allein mit dem Lamme spielend erscheint, befindet sich im Museum Poldi-Pezzoli in Mailand und ist von der neueren Forschung als ein Werk des Giovanni Pietro Ricci, genannt Giam-

Abb. 110. Studie zu einem Madonnenbilde. Nach einer Zeichnung in der Ambrosianischen Bibliothek zu Mailand.
(Nach einer Originalphotographie von Braun, Clément & Cie. in Dornach i. E. und Paris.)

Abb. 113. Physiognomische Studie. Nach einer Zeichnung im Louvre zu Paris.
(Nach einer Originalphotographie von Braun, Clément & Cie. in Dornach i. E. und Paris.)

petrino, nachgewiesen worden, der wohl auch
der Urheber des Louvrebildes gewesen sein
wird. Giampetrino gehörte zu den unmittelbaren Schülern Leonardos während
dessen zweiten Aufenthalts in Mailand,
und er soll dort auch die Überlieferung
Leonardoscher Kunst am längsten aufrecht
erhalten haben. Nach Morellis Vermutung
war seine Werkstatt ein Sammelplatz der
niederländischen Maler, die nach dem Tode
Leonardos nach Italien kamen, um dort
seine Werke zu studieren, zu kopieren oder
frei nachzubilden. Morelli sieht in vielen
Kopien nach Leonardo und anderen italienischen Meistern die Hände dieser Maler,

und wenn er auch hier und da zu weit
gegangen sein mag, so hat er auch ebenso
häufig richtig gesehen. Ein klassisches Bei-
spiel dieser niederländischen Nachahmungen
des Leonardoschen Stils besitzt die Münchener
Pinakothek in einer Madonna (Abb. 116),
die jetzt sogar einem bestimmten Künstler,
dem Brüsseler Bernaert van Orley zugeschrieben wird, der von 1510 bis gegen
1515 in Italien weilte.

Jene Madonna in der Grotte des Cesare
da Sesto führt uns zu einem Hauptwerk
Leonardos, der berühmten „Madonna in
der Felsgrotte" (La vierge aux rochers),
deren Ausführung und Vollendung in die

8*

zweite Mailänder Zeit des Meisters fällt und die zugleich den Abschluß seiner künstlerischen Thätigkeit gebildet zu haben scheint. Dieses Werk ist schon seit vielen Jahren der Gegenstand eines lebhaften Streites unter den Kunstgelehrten, den zunächst der Umstand veranlaßt hat, daß es in zwei Exemplaren vorhanden ist. Das eine, das sich im Louvre befindet (Abb. 117), darf sich auf einen erlauchten Stammbaum berufen. Es befand sich bereits im Besitz des Königs Franz I. von Frankreich, der es nach der Überlieferung von Leonardo selbst erhalten haben soll, und war lange Zeit eine Zierde des berühmten „goldenen Kabinetts" im Schlosse zu Fontainebleau. Von da wurde es zu Ende des XVII. Jahrhunderts in das Schloß von Versailles gebracht, und zuletzt erhielt es seine Stelle im Louvre. Ein vortrefflicher Stich von Desnoyers, der die Unterschrift „La vierge aux rochers" erhielt,

trug den Ruhm des Gemäldes in weitere Kreise. Der erste, der ihn bestritt, war der deutsche Kunstforscher G. F. Waagen, der größte Bilderkenner seiner Zeit. Er erklärte das Louvrebild als eine Kopie, weil er ein erheblich besseres Exemplar des Bildes in der Sammlung des Lord Suffolk in Charlton Park in England gesehen hatte, das er aber auch nicht für eine völlig eigenhändige Arbeit Leonardos hielt. Nur in den Köpfen wollte er die Hand Leonardos erkennen. Auch er war bereits zu der Überzeugung gelangt, daß Leonardo selbst nur sehr wenig gemalt, sondern meist nur die Kartons gezeichnet hätte, deren Ausführung in Öl er seinen Schülern überließ.

Seitdem das Exemplar des Lords Suffolk in den Besitz der Londoner Nationalgalerie gelangt ist (Abb. 118), ist es der kritischen Prüfung allgemein zugänglich geworden, und diese wird noch wesentlich durch die

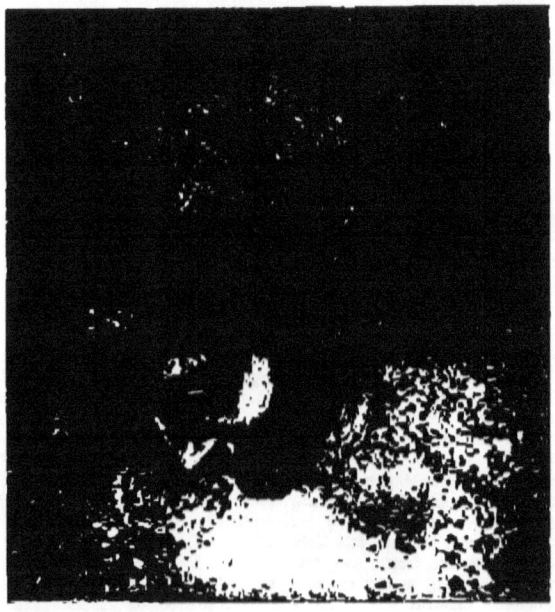

Abb. 118. Studienkopf. Nach einer Zeichnung in der Ambrosianischen Bibliothek in Mailand.
(Nach einer Originalphotographie von Braun, Clément & Cie. in Dornach i. E. und Paris.)

Abb. 113. Heilige Familie mit der heiligen Katherina.
Nach dem Gemälde in der Ermitage zu St. Petersburg.
(Nach einer Originalphotographie von Braun, Clément & Cie. in Dornach i. E. und Paris.)

Braunschen Photographien beider Exemplare unterstützt, deren Nachbildungen wir
einander gegenüberstellten. Auch das Londoner
Exemplar hat seine Geschichte. Es befand
sich in der Kirche San Francesco in Mailand, als es der englische Kunsthändler
Gavin Hamilton 1796 von den Mönchen
für dreißig Dukaten erwarb, um es bald
wieder an Lord Suffolk weiterzuverkaufen.
Auch Lomazzo, der Mailänder Biograph
Leonardos, dessen Traktat über die Malerei
1584 erschien, spricht von diesem Bilde mit

dem Zusatze, daß es sich in der Kapelle der
Empfängnis in der genannten Kirche be-
finde. Wenn seine Beschreibung auch in
einem gewissen Punkte auf das Exemplar
im Louvre zu denken scheint, so kann sich
dieses Bild zur Zeit, wo Lomazzo schrieb,
nicht mehr in Mailand befunden haben, da
es bereits Franz I. besaß. Es bleibt also
nur die Annahme übrig, daß das Bild der
Franziskanerkirche eine unter Leonardos Ansicht entstandene, etwas veränderte Wieder-
holung oder eine spätere Kopie ist.

Daß die Franzosen ihr Kleinod mit
Eifer und Leidenschaft verteidigen, ist selbstverständlich und fällt darum nicht schwer
ins Gewicht. Desto schwerer aber, daß ein
so scharfsichtiger Mann, wie Morelli mit
aller Entschiedenheit für die Echtheit des
Louvrebildes eintritt, und selbst ein so vorsichtiger Forscher wie Karl Woermann hat
darin Leonardos eigene Hand mit Sicherheit erkannt. Andere deutsche Forscher
haben sich dagegen ebenso entschieden auf
die Seite des Londoner Exemplares gestellt,
und Anton Springer hat sogar einen Ver-
mittelungsversuch gemacht, indem er das
Londoner Exemplar als das Produkt ursprünglicher, frischer Eingebung erklärt,
während das Louvrebild wegen des lehrhaften Zuges besser zu dem höheren Alter
des Künstlers passe. Nun hat gerade der
Thatbestand ergeben, daß das Londoner
Exemplar von vornherein auf ein Andachtsbild in kirchlichem Sinne zugeschnitten war.
Abgesehen von seiner Herkunft aus einer
Kirche und von den Nimben der drei heiligen
Personen, die eine spätere Zuthat sein sollen,
spricht dafür der Umstand, daß zu diesem
Bild ursprünglich zwei Engel auf Seiten-
flügeln gehörten, die sich jetzt im Besitze
des Herzogs Giovanni Melzi befinden, eines
Nachkommen jenes Francesco Melzi, der
in den letzten zwölf Jahren von Leonardos
Leben dessen treuester Freund, Schüler und
Begleiter gewesen war.

Der auffälligste Unterschied zwischen
beiden Exemplaren besteht in der Haltung
und Bewegung des Schutzengels, der hinter
dem kleinen Heiland kniet. Auf dem Londoner Bilde hält er seinen Schutzbefohlenen
mit beiden Händen und begnügt sich damit,
zu dem kleinen Johannes mit herzlichem
Wohlgefallen hinüberzublicken. Auf dem
Bilde im Louvre macht er dagegen mit der

rechten Hand, die er fast wagerecht ausge-
streckt hält, eine bedeutsame Gebärde. Mit
dem Zeigefinger weist er auf den nahenden
Spielgefährten und blickt dabei aus dem
Bilde heraus, als wollte er den Beschauer
darauf aufmerksam machen, daß in der lieblichen Idylle ein tiefer, ernster Sinn verborgen liegt, daß der kleine Beter einst der
Held in dem Vorspiel sein wird, das die
gewaltige Tragödie von dem Leben, Leiden
und Sterben des Erlösers eröffnet. Man
hat diese Handbewegung als lehrhaft, als
das Produkt kühler Überlegung, als un-
künstlerisch bezeichnet; aber sie gerade ist
überaus charakteristisch für Leonardos be-
dachtsame, absichtsvolle Art, das Mienenspiel
durch das nicht minder ausdrucksvolle Spiel
der Hände zu unterstützen und zu ergänzen.
Bei jeder der drei Figuren haben die Hände
eine bedeutungsvolle Funktion. Die Madonna insbesondere, der der himmlische Send-
bote unsichtbar ist, hält instinktiv die Linke
schützend über dem göttlichen Kinde. Sollte
der Engel allein an diesem Gebärdenspiel
unbeteiligt geblieben sein? Die Hand mit
dem ausgestreckten Zeigefinger zumal war ein
beliebtes, später vielfach nachgeahmtes Motiv
Leonardos, der, wie wir wissen, das Studium der Hände mit besonders großem
Eifer pflegte (vgl. auch die Zeichnung Abb.
119). Auch scheint uns aus den beiden
Kinderköpfen des Louvreexemplares ein
stärkerer Hauch von Naivetät und kindlicher
Unbefangenheit zu sprechen als aus dem des
Londoner Bildes. Der Johannes des letzteren
sogar hat das Gepräge einer gesuchten Ele-
ganz, die wir sonst nicht auf Bildern und
Zeichnungen Leonardos antreffen.

Die Verteidiger des Londoner Exemplars haben diese und andere minder be-
langreiche Abweichungen wieder zu ihren
Gunsten ausgelegt, und überdies haben sie
den Vorteil für sich, daß das Londoner Bild
erheblich besser erhalten ist als das des
Louvre, das durch Putzen seinen ursprünglichen Glanz und Schmelz verloren hat. Da
uns auch die zu der Komposition vorhandenen Studien Leonardos (vgl. die Abb. 120)
in dieser Streitfrage nicht fördern, muß sie,
wie viele andere Leonardofragen, bis auf
weitere Entdeckungen, die vornehmlich von
der Durchforschung seiner Manuskripte zu
erwarten sind, unentschieden bleiben. Sie
tritt auch zurück, sobald wir uns lediglich

Abb. 111. Die Madonna mit der Wage. Von Cesare da Sesto (?).
Nach dem Gemälde im Louvre zu Paris.
(Nach einer Originalphotographie von Braun, Clément & Cie. in Dornach i. E. und Paris.)

an die Komposition und an die koloristischen Absichten Leonardos halten, die uns aus beiden Bildern genügend klar werden.

Die Liebe zu den phantastischen Bildungen der Natur, zu schroff aus dem Boden steigenden, vielgezackten Felsen, zwischen denen sich Flüsse in vielfachen Windungen schlängeln, hat Leonardo von Jugend auf begleitet, schon als er seine ersten Studien im Arnothale machte. Sie hatte sich noch gesteigert, nachdem er die erhabene Pracht der einsamen Dolomiten kennen gelernt, und aus diesen Elementen gestaltete er fortan die Hintergründe seiner Gemälde. Es ist dies der romantische Zug seines Wesens und wenn er in dem Vordergrunde seiner Landschaften jede Blume, jedes Pflänzchen, ja fast jeden Grashalm als ein Einzelwesen zeigt, das der zartesten Ausführung würdig ist. So hat er es sein Lebenlang gehalten, und

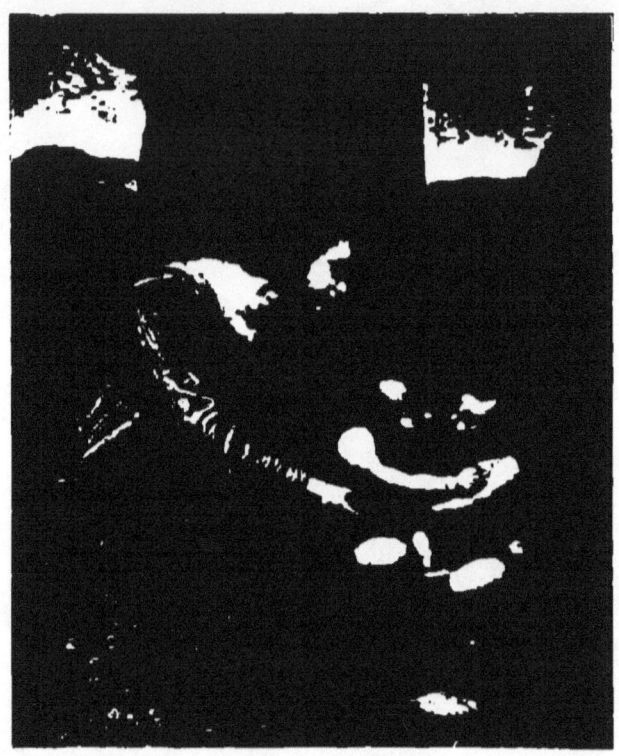

Abb. 115. Madonna mit dem Kinde und dem kleinen Johannes.
Nach dem Gemälde im Louvre zu Paris.
Nach einer Originalphotographie von Braun, Clément & Cie. in Dornach i. E. und Paris.)

seiner Kunst, den er aber doch stets seinem Drange nach wissenschaftlicher Erkenntnis, seiner Neigung für die Gesetzmäßigkeit der Naturgebilde unterordnet. Immer strebt er danach, die Felsen und Schroffen sorgfältig zu detaillieren, gewissermaßen individuell zu gestalten, und damit steht es im Einklange, diesem Grundsatze ist er auch in der Schöpfung treu geblieben, in der er noch einmal seine ganzen geistigen und technischen Kräfte zusammenfaßte. Das höchste technische Problem, das er sich gestellt hatte, war aber die Ausbildung des Hellbunkels, und dazu that er den letzten Schritt, indem er die

vier Figuren der „Felsenmadonna" im Vordergrunde einer Grotte anordnete, durch
deren vielfach durchbrochene Hinterwand helles
Licht von verschiedenen Seiten hineinflutet.
Er häufte also absichtlich die Schwierig-

land erhalten hat. „Die erste Sorge des
Malers," sagt er dort, „ist, der ebenen Ober-
fläche seines Bildes den Anschein eines erhabenen, vom Hintergrunde losgelösten Körpers zu geben. Derjenige, der in diesem

Abb. 116. Madonna mit dem Jesuskinde. Angeblich Kopie nach Leonardo da Vinci
von B. van Orley (?).
Nach dem Gemälde in der Münchener Pinakothek
(Nach einer Originalphotographie von Franz Hanfstängl in München.)

keiten, deren Überwindung er sich zur Aufgabe gemacht hatte. Es ist, als ob er damit eine bestimmte Stelle seines Malerbuches
habe illustrieren wollen, das, wie wohl mit
Sicherheit angenommen werden darf, seine
uns überlieferte Fassung erst während der
Zeit seines zweiten Aufenthaltes in Mai-

Punkte alle anderen übertrifft, verdient der
größte genannt zu werden. Diese Vollendung, dieses Höchste der Kunst entspringt
aus der richtigen und natürlichen Verteilung
der Schatten und Lichter, aus dem, was
man das Helldunkel nennt. Wenn ein
Maler davor zurückschreckt, die Schatten

Abb. 117. Die Madonna unter den Felsen. Nach dem Gemälde in der Nationalgalerie zu London.
(Nach einer Originalphotographie von Franz Hanfstängl in München.)

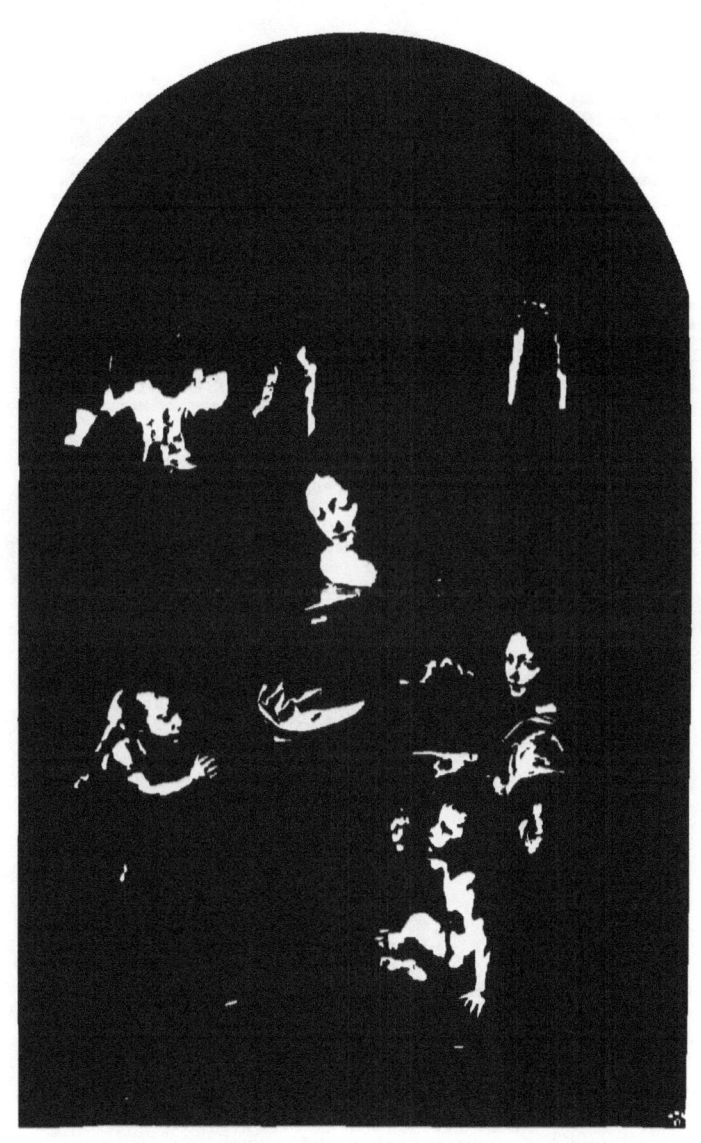

Abb. 11a. Die Madonna unter den Felsen. Nach dem Gemälde im Louvre zu Paris.
Nach einer Originalphotographie von Braun, Clément & Cie. in Dornach i. E. und Paris.)

anzubringen, wo sie nötig sind, bereitet er sich Unehre und macht sein Werk für die verständigen Geister verächtlich, um sich dafür die falsche Achtung der großen Menge und der Unwissenheit zu erschleichen, die bei einem Bilde nur auf den gleißnerischen Glanz des Kolorits sehen, ohne auf das Relief zu achten."

Wahrscheinlicher aber, als die Vermutung, Leonardo habe mit Bildern wie der Madonna unter den Felsen diesen oder andere Sätze aus dem Malerbuche in die Praxis übersetzen wollen, ist die Annahme, daß er diese allgemeinen Grundsätze erst aus seinen zahllosen Experimenten in Zeichnung und Malerei abstrahiert habe. So finden wir z. B. an anderen Stellen seines Malerbuches Vorschriften, die sich deutlich als die Erfahrungen darstellen, die er bei seinen Studien für die Schlacht bei Anghiari gemacht hat. "In Historien", so rät er seinen Schülern, "mache Verkürzungen aller Art, wie es dir vorkommt, sonderlich in Schlachten; denn hier sind unendliche Körperverdrehungen und Biegungen der Teilhaber an solcher Zwietracht oder besser gesagt höchst bestialischer Raserei ganz notwendig am Platz." Und an einer anderen Stelle

geht er sogar direkt auf gewisse Motive ein, die er bei dem Kampf um die Standarte verwertet hat: "Eine Figur im Zorn lässest du einen bei den Haaren festhalten, ihm das Haupt zur Erde drehend und ihm ein Knie in die Rippen setzend. Mit dem rechten Arm lässest du ihn den Dolch heben." Sodann gibt er noch genaue Anweisungen, wie die aus Luft, Staub, Rauch und Dampf gemischte Atmosphäre zu malen sei, die sich für ein Schlachtengemälde eigene.

Es ist in diesen Vorschriften bemerkenswert, wie sich in Leonardo das menschliche Gefühl empört, wenn er vom Kriege spricht. Er, der als Theoretiker mit kaltem Blute die grausamsten Vernichtungsmaschinen konstruierte, nennt eine Schlacht "eine höchst bestialische Raserei"!

Die Gemäldesammlung des Louvre besitzt noch ein zweites Gemälde aus dieser Spätzeit Leonardos, das den jugendlichen Johannes den Täufer in halber Figur darstellt, wie er mit der erhobenen Rechten lächelnd auf das Kreuz von Schilfrohr deutet, das er in seiner Linken hält (Abb. 121). Es ist richtig, daß dieses Lächeln für den Vorläufer des Heilandes eigentlich zu verführerisch ist. Aber Leonardo hat

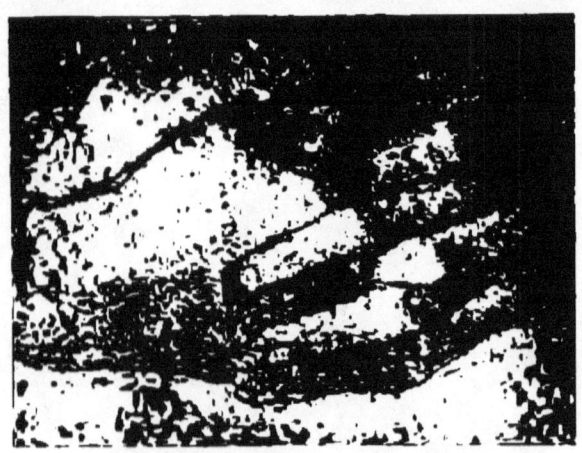

Abb. 119. Studie nach einem gefalteten Händepaar.
Nach einer Zeichnung im Schlosse zu Windsor.
(Nach einer Originalphotographie von Braun, Clément & Cie. in Dornach i. E. und Paris.)

**Abb. 120. Zwei Engelsköpfe.**
Der zur Rechten ist eine Studie für den Engel in der „Madonna unter den Felsen" im Louvre (f. S. 123).
Nach einer Zeichnung in der Ambrosianischen Bibliothek zu Mailand.
(Nach einer Originalphotographie von Braun, Clément & Cie. in Dornach i. E. und Paris.)

nicht daran gedacht, ein Andachtsbild, ein Gemälde zu religiöser Erhebung zu malen. Das Helldunkel und das Lächeln der Gioconda wollte er einmal an einem schönen Jünglingskörper erproben. Wen dieser Jüngling vorstellte, war ihm im Grunde gleichgültig. Er hätte ebenso gut, wie ein französischer Kunstschriftsteller richtig bemerkt hat, einen Bacchus daraus machen können, wenn er statt des Lammfelles dem Jüngling ein Pantherfell um den Körper geschlungen und ihm statt des Kreuzes einen Thyrsosstab in die Hand gegeben hätte. Wie ganz anders sieht dagegen die Aktstudie aus, die Leonardo für einen Johannes in seinen Jugendjahren in Florenz gezeichnet hat und die wirklich den Mann darstellt, der in der Wüste von Heuschrecken und wildem Honig lebte! (Abb. 122.)

Gleich der Madonna unter den Felsen hat auch der jugendliche Johannes sich bereits in der Sammlung König Franz' I. befunden, ein Zeugnis für seine Herkunft aus Leonardos eigener Hand. Aber Ludwig XIII. verschenkte ihn an König Karl I. von England, und als nach dessen Tode seine Kunstsammlungen verkauft wurden, erstand ihn der aus Köln stammende, in Paris ansässige Bankier Jabach für 3500 Livres, der ihn später für dieselbe Summe an Ludwig XIV. abtrat. —

Nach den Mitteilungen Lomazzos, des schon mehrfach genannten Biographen Leonardos, der seine Nachrichten noch von Schülern des Meisters erhalten, hat dieser in seiner letzten Mailänder Zeit eine Leda und eine Pomona gemalt. Von der letzteren sagt er, daß Leonardo sie lächelnd dargestellt habe, „auf der einen Seite verhüllt mit drei Schleiern, was eine sehr schwierige Sache in dieser Kunst sei". Die Leda war, wie Lomazzo in seinem Traktat über die Kunst der Malerei berichtet, „ganz nackt mit dem Schwan im Schoße und sie senkte verschämt die Augen". In einem anderen Werke spricht er abermals von der Leda und fügt hinzu, daß sich dieses Bild im Schlosse von Fontainebleau, also ebenfalls im Besitze Franz' I., befunden habe. Von beiden Bildern ist jede Spur verschwunden. Es ist aber nicht unwahrscheinlich, daß sich das Leonardosche Motiv der sitzenden Leda mit dem Schwan im Schoße in dem berühmten Bilde Correggios in der

Berliner Galerie erhalten habe. Leonardo scheint aber auch eine stehende Leda mit dem Schwan an ihrer linken und den kleinen, auf der blumigen Wiese spielenden Kastor und Pollux auf ihrer rechten Seite gemalt zu haben. Dafür sprechen mehrere derartige Bilder aus der ersten Hälfte des XVI. Jahrhunderts, die ersichtlich auf ein Leonardosches Vorbild zurückgehen, und Müller-Walde hat auch auf einem Studienblatte des Codex Atlanticus die kleine Federskizze einer stehenden nackten Frauengestalt gefunden, deren Haltung und Bewegung genau mit den erwähnten Ledabildern übereinstimmt. Das bekannteste davon befindet sich in der Galerie Borghese in Rom (Abb. 123). Mit dieser oder einer anderen Ledakomposition Leonardos bringt man auch einige Handzeichnungen in Verbindung (Abb. 124 und 125), die von einigen Forschern als Originale des Meisters in Anspruch genommen werden, während Morelli sie mit Entschiedenheit als Studien des Giovanni Antonio Bazzi genannt Sodoma erklärt, der in der That während der letzten Jahre des XV. Jahrhunderts Leonardos Schüler in Mailand gewesen ist oder dort seinen Einfluß empfangen hat. Der seitwärts geneigte Frauenkopf mit den zierlich geflochtenen Zöpfchen (Abb. 125) macht jedoch mehr den Eindruck Leonardoscher Herkunft, und für Leonardo durchaus charakteristisch ist es auch, daß auf demselben Blatte der Windsorsammlung, das diesen Kopf enthält, die eigentümliche Anordnung des Haares noch von rückwärts und von den Seiten dargestellt ist, weil sich Leonardo über das ganze merkwürdige Geflecht nach seiner Gewohnheit gründlich Rechenschaft ablegen wollte. —

Während seiner zweiten Mailänder Zeit stand von den Schülern Leonardos der junge Edelmann Francesco Melzi seinem Herzen am nächsten. Die Familie hatte eine Besitzung in Vaprio unweit von Mailand, und es heißt, daß Leonardo schon unter der Herrschaft des Lodovico il Moro mit den Melzis verkehrt habe. Man zeigt auch in der noch heute vorhandenen Villa Melzi ein großes Freskogemälde einer Madonna als ein Werk Leonardos, das aber höchstens nur eine Schülerarbeit ist, von einigen Forschern sogar bestimmt als ein Werk des Sodoma bezeichnet wird. Als sich Leonardo

zum zweitenmale in Mailand niederließ, war Francesco Melzi 16 oder 17 Jahre alt. Das geht aus einer Zeichnung in der Ambrosianischen Bibliothek in Mailand hervor, die den Kopf eines älteren Mannes im Profil darstellt und mit zwei Inschriften versehen ist, die besagen, daß Francesco da Melzo diesen Kopf am 14. August 1510, 17 Jahre alt, nach einem Relief gezeichnet hat. Morelli, der zuerst auf dieses Blatt aufmerksam gemacht, glaubte am Ohre und an den Umrißlinien Korrekturen von Leonardos Hand zu erkennen. Diese Zeichnung, vielleicht ein erster Versuch, der dem Jüngling besonders gelungen erschien, ist aber auch das einzige beglaubigte Werk Melzis, und es ist auch wahrscheinlich, daß Melzi die Kunst nur als Dilettant betrieben haben mochte. Er hatte bei Leonardo, dem Freund der Familie, zeichnen gelernt, weil Zeichnen zu jener Zeit für die vollkommene Bildung eines jungen Edelmannes unerläßlich war. Vasari, der ihn 1566 kennen gelernt, weiß nichts davon, daß er auch Maler gewesen sei, und erst Lomazzo erzählt, daß Melzi es in der Kunst der Miniaturmalerei zu großer Fertigkeit gebracht habe. Leonardo fühlte sich besonders durch die Schönheit des Jünglings zu ihm hingezogen, und nicht weniger scheinen ihn seine Bildung, sein Wissensdrang und seine Empfänglichkeit gefesselt zu haben. Aus dem Schüler wurde bald der Freund und Vertraute Leonardos, der ihn allein würdig erachtete, der Erbe und Hüter seiner wissenschaftlichen Forschungen zu werden. Wie aus einem Briefe des ferraresischen Gesandten in Mailand an seinen Herrn, den kunstbegeisterten Herzog Alfonso von Este, aus dem Jahre 1523 erhellt, stand Melzi sogar im Rufe, auch der Bewahrer vieler Geheimnisse Leonardos zu sein.

Francesco Melzi war auch sein Begleiter auf den Reisen, die Leonardo von Mailand aus unternahm. Dort hatten sich die politischen Verhältnisse abermals geändert, nachdem Ludwig XII. von Frankreich durch die heilige Liga gezwungen worden war, die Stadt aufzugeben. Auf die Macht der Verbündeten gestützt, hatte sich Massimiliano Sforza, ein Sohn Lodovicos, im Dezember 1512 zum Herrn aufgeworfen, und es gelang ihm auch, sich einige Jahre zu behaupten. Der Wechsel der Herrschaft und die dadurch hervorgerufenen Wirren mögen Leonardo bewogen haben, Mailand zu verlassen und sein Glück in Rom zu versuchen, wo damals eben erst nach der Thronbesteigung Papst Leos X. ein reges Kunstleben erblüht war. Am 24. September 1513

schaft interessierte. Wie Vasari weiter erzählt, soll Leonardo auch zuerst durch seine physikalischen und sonstigen Kunststücke in Rom Staunen erregt haben. Er formte kleine Tiere, die er mit Luft füllte und die dann so lange herumflogen, als die ein-

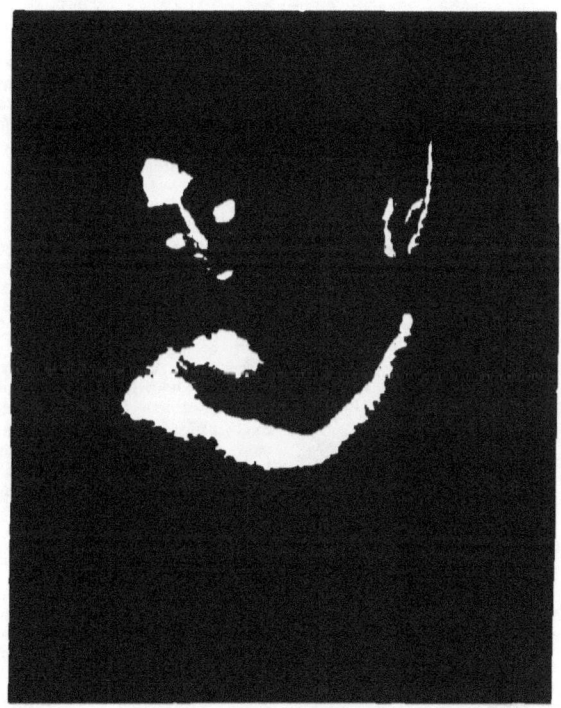

Abb. 121. Johannes der Täufer. Nach dem Gemälde im Louvre zu Paris.
(Nach einer Originalphotographie von Braun, Clément & Cie. in Dornach i. E. und Paris.)

verließ Leonardo, von Francesco Melzi und dem treuen Salai begleitet, Mailand. Nach der Erzählung Vasaris soll Leonardo die Reise mit dem Herzoge Giuliano von Medici gemacht haben, der ihn vielleicht auch bei dem Papste eingeführt hat, von dem der Ruf ging, daß er sich besonders auch für Alchemie und andere Geheimwissen-

geblasene Luft ausreichte. Einer seltsamen Eidechse, die der Weinbergsgärtner im Belvedere gefunden hatte, setzte er Flügel aus Quecksilber an, die sich bewegten, wenn das Tier herumlief. Auch fügte er noch künstliche Augen, Hörner und einen Bart hinzu, sperrte das Ungeheuer in eine Schachtel, und wenn er es plötzlich seinen Freunden zeigte, liefen diese aus Furcht davon. Ein anderes Mal nahm er Hammelbärme und blies sie mit einem Blasebalg so gewaltig auf, daß sie das Zimmer ausfüllten.

Leo X. soll ihm auch den Auftrag zu einem Bilde erteilt haben. Bevor Leonardo aber an die Arbeit ging, soll er Öl und Kräuter gemischt haben, um einen Firniß zu bereiten. Als der Papst davon hörte, hätte er ausgerufen: „O! der wird nichts zustande bringen, da er anfängt, an das Ende zu denken, bevor er das Werk beginnt." Es mag sein, daß diese Äußerung dem leicht verletzbaren Künstler hinterbracht wurde und daß er sich nicht weiter um den päpstlichen Auftrag kümmerte. Nach Vasaris Bericht soll er aber doch für Baldassare Turini, den Datario (Pfründenkämmerer) des Papstes, zwei kleine Bilder gemalt haben: eine Madonna mit dem Jesusknaben und das Bildnis eines kleinen Kindes. Vasari hat diese Bilder bei einem Nachkommen des Bestellers noch selbst gesehen; er fügt aber hinzu, daß das Madonnenbild,

Abb. 112. Johannes der Täufer.
Nach einer Zeichnung in der Bibliothek des Schlosses
zu Windsor.
(Nach einer Originalphotographie von Braun, Clément
& Cie. in Dornach i. E. und Paris.)

wahrscheinlich infolge der bekannten Farbenexperimente Leonardos, bereits sehr verdorben war. Auch diese beiden Bilder sind verschollen. Im übrigen scheint er auch während seines Aufenthaltes in Rom mit Eifer danach gestrebt zu haben, seine Kenntnisse und technischen Fertigkeiten durch Verkehr mit erfahrenen Männern zu erweitern. So geht z. B. aus seinen Aufzeichnungen hervor, daß er mit einem deutschen Eisenarbeiter engen Umgang pflegte, vermutlich um etwas von seiner Kunst zu lernen.

Schon im Herbst des Jahres 1514 scheint Leonardo Rom wieder verlassen zu haben, ohne daß eine Spur seines künstlerischen Wirkens dort zurückblieb. Er ist der einzige von den großen Künstlern der italienischen Renaissance, dem Rom nichts gegeben hat, nichts von materiellen Gütern und nichts von künstlerischen Eingebungen. Wenn es wirklich wahr ist, daß er schon in jüngeren Jahren, wie behauptet wird, bald nach 1480, in Rom gewesen, so muß dieser Aufenthalt nur sehr kurze Zeit gedauert haben, und als er später, wie jetzt feststeht, noch zweimal dort länger verweilte, war seine künstlerische Natur so vollständig abgeschlossen und in ihrer Eigenart allen Kunstgenossen so weit überlegen, daß er nicht mehr empfangen, sondern nur noch geben konnte. Über Parma und Florenz, wo er immer noch Geschäfte zu regeln hatte, kehrte er, wahrscheinlich Ende 1514 oder Anfang 1515 nach Mailand zurück, wo sich die politischen Ansichten durch den am 1. Januar 1515 erfolgten Tod Ludwigs XII. und die Thronbesteigung des jugendlichen, durch Ritterlichkeit und Kunstsinn ausgezeichneten Franz I. für die Anhänger der französischen Herrschaft bald besserten. Es war denn auch eine der ersten Sorgen des jungen Königs, die von seinem Vorgänger und Vetter verlorene Position in Oberitalien wiederzugewinnen, indem er sich in den Besitz von Mailand setzte. Nachdem das schweizerische Söldnerheer, das ihm zum Schutze Mailands entgegengerückt war, durch den glänzenden Sieg bei Marignano am 13. und 14. September niedergeworfen hatte, gab der Herzog Massimiliano jeden weiteren Widerstand auf. Am 4. Oktober trat er Mailand für eine jährliche Pension von 30 000 Goldgulden an den König ab, und Franz I. hielt seinen Einzug in die

Abb. 123. Leda. Nach dem Gemälde in der Galerie Borghese in Rom.

Stadt. Dazu stellte Leonardo wahrscheinlich wiederum sein oft bewährtes Talent für festliche Dekoration zur Verfügung, und damals soll er, nach einem anderen Bericht bei einer Feierlichkeit in Pavia, dem König Franz durch seine mechanischen Fertigkeiten eine feine Huldigung bereitet haben. Er konstruierte einen Löwen, der gehen konnte, und als er im Saale, wo das Fest stattfand, herumspazierte, blieb er vor dem Könige stehen. Seine Brust öffnete sich, und lauter Lilien, die Wappenbilder der bourbonischen Könige, quollen daraus hervor. Franz I. mochte schon damals Leonardo nicht nur in seinem Besitztum bestätigt, sondern auch als Hofmaler in seine Dienste genommen

haben. Wie wir aus der Selbstbiographie
Cellinis erfahren, erhielt der Meister von
dem freigebigen Fürsten ein Jahresgehalt von
700 Goldscudi, wozu noch allerlei Neben-
einkünfte und Vorteile kamen. Fortan be-
gleitete er auch den König auf allen seinen
Zügen durch Italien. So war er in Bo-
logna, als Franz I. dort am 19. Dezember
1515 mit Papst Leo X. ein Konkordat abschloß.

Über diesen neuen Erlebnissen, die sein
von Enttäuschungen verbittertes Herz gewiß
wieder mit froher Zuversicht erfüllten, vergaß
er aber seine eigenen Angelegenheiten nicht.
Dafür zeugt ein merkwürdiger, vom 9. Dezember 1515 datierter Brief Leonardos an
seinen Weinbergsverwalter, aus dem wir erfahren, daß dieser Universalmensch auch land-
wirtschaftliche Kenntnisse besaß. „Die vier
letzten Flaschen," so schreibt er seinem Ver-
walter, der das Weingut vor den Thoren
Mailands zu bestellen hatte, „waren gar
nicht nach meiner Erwartung, und ich habe
viel Verdruß darüber gehabt. Wenn die
Reben von Florenz auf bessere Weise be-

handelt würden, so müßten sie unserem
Italien den allerschönsten Wein liefern, wie
ihn Herr Ottaviano (von Medici in Florenz)
zieht. Ihr wißt, daß ich Euch schon gesagt hatte, Ihr sollt das Land dadurch ver-
bessern, daß Ihr zerbröckeltes Mauerwerk
oder Mörtel von zerfallenen Gebäuden hinzu-
thut; denn das schützt die Wurzel vor
Feuchtigkeit, und Stamm und Blätter können
aus der Luft die zur Vollendung der Traube
nötigen Substanzen ziehen. Sodann ist es
ein großer Fehler, daß wir den Wein heut-
zutage in offenen Gefäßen machen; denn so
verfliegt bei der Gärung die eigentliche
Essenz in die Luft, und es bleibt nichts als
eine von den Schalen und Kernen gefärbte,
geschmacklose Flüssigkeit übrig; ferner bringt
man auch den Wein nicht, wie man sollte,
von einem Gefäß auf das andere, woher er
dann trübe wird und einem schwer im Magen
liegt. Wenn Ihr und die anderen Euch
also nach diesen Bemerkungen richten wolltet,
so würden wir einen ausgezeichneten Wein
trinken können. Gott erhalte Euch!"

Da Leonardo den guten
Wein, den er in seiner Heimat zu trinken gewohnt war,
auch in Mailand nicht ent-
behren wollte, hatte er also
Weinstöcke aus Florenz kommen
und auf seinem Weinberg an-
pflanzen lassen. Während er
aber noch um die Verbesserung
seines Gewächses Sorge trug,
bereitete sich schon eine völlige
Veränderung in seiner Lebens-
lage vor. Franz I. machte
ihm das Anerbieten, ihn nach
Frankreich zu begleiten, und
als der König Ende Januar
1516 Mailand verließ, schloß
sich ihm Leonardo mit seinem
Freunde und Schüler Fran-
cesco Melzi, seiner Magd
Maturina und seinem Diener
Battista de Vilanis an. Da
Franz I., wie wir aus der Erzählung Cellinis wissen, schon
in Friedenszeiten mit einem
Gefolge von achtzehntausend
Menschen reiste, von denen
zwölftausend beritten waren,
konnte auch der Maler des
Königs seiner Würde und sei-

Abb. 191. Studie zu einer Leda.
Nach einer Zeichnung in der Sammlung des Herzogs von Devonshire in Chatsworth.
(Nach einer Originalphotographie von Braun, Clément & Cie. in Dornach i. E. und Paris.)

nem Alter entsprechend auf-
treten. In Frankreich genoß
er auch die Gastfreundschaft
des Königs, der ihm und den
Seinigen eine Wohnung im
Schlosse Clour bei Amboise
gab. Dort verlebte er die
letzten Jahre seines Lebens,
vermutlich ganz in ruhiger
Betrachtung und Sammlung,
nur noch über die wissen-
schaftlichen Probleme nach-
benkend, deren Lösung ihn
bis an sein Ende beschäftigt
zu haben scheint. Vielleicht
hat er dort auch erst die
Muße gefunden, wissenschaftliche Abhandlungen wie z. B.
die über den Flug der Vö-
gel niederzuschreiben. König
Franz begnügte sich damit,
dem großen Künstler diese
Muße gewährt zu haben. Besondere künstlerische Dienste
mag er nicht mehr von ihm
verlangt haben, höchstens daß
er ihn bei seinen Bauunter-
nehmungen zu Rate zog. Er
war auch froh, wohl zumeist
durch Leonardos eigene Ver-

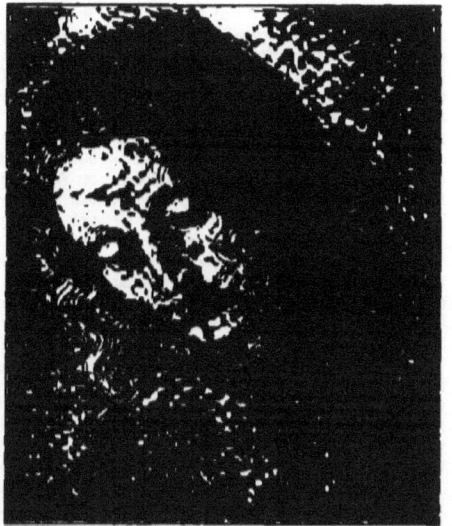

Abb. 125. Studie zu einem Kopf der Leda.
In der Sammlung des Schlosses zu Windsor.
(Nach einer Originalphotographie von Braun, Clément & Cie. in Dornach i. E.
und Paris.)

mittelung, so viele Werke von ihm, wie nur
möglich war, nach Frankreich gerettet zu haben.

Lange sollte sich Leonardo dieser Muße
nicht mehr erfreuen. Sein kräftiger Körper
empfand schließlich doch die Strapazen seines
unruhigen Lebens, das ihm niemals un-
getrübte Freude gebracht hatte, und je
näher das Alter heranrückte, desto stärker
nagten auch in der Erinnerung noch an
seinem Herzen die Kränkungen, die ihm,
seiner Meinung nach, sein ganzes Leben
lang widerfahren waren. Im Frühling
des Jahres 1519 machten sich die Vorboten
des Todes geltend, und am 23. April ließ
er sein Testament aufsetzen, worin er nicht
nur die genauesten Bestimmnngen über die
Verteilung seines Nachlasses, sondern auch
über die Art seiner Beisetzung angab. Er
bestellte sich ein Leichenbegängnis, das ganz
der Prachtliebe entsprach, die den Lebenden
beherrscht hatte. Nachdem er zuvor seine
Seele Gott, der Jungfrau Maria, dem heiligen Michael und allen Engeln und Heiligen des Paradieses empfohlen, ordnet er

an, daß er in der Kirche des heiligen Flo-
rentinus in Amboise begraben sein will.
Von den Kaplänen dieser Kirche soll sein
Körper von Cloux dorthin getragen werden,
unter dem Geleit der übrigen Geistlichkeit
dieser Kirche, der Kapläne der Kirche des
heiligen Dionysius und der Minoritenmönche
von St. Amboise. Vor der Überführung
des Leichnams sollen drei große Messen in
allen drei Kirchen celebriert werden. 60 Arme
sollen gegen Entgelt 60 Fackeln tragen, und
außerdem soll eine bestimmte Summe an
Arme zweier Hospitäler verteilt werden.
Auch die Kirchen werden reichlich mit Spen-
den von Wachskerzen bedacht. Als seinen
Haupterben setzt er den „Messer Francesco
da Melzo, Edelmann von Mailand, zum
Lohn für die ihm in der Vergangenheit
geleisteten angenehmen Dienste" ein. Ihm
vermacht er nicht nur sein bares Geld und
den Rest seines Gehaltes, seine Kleidungsstücke, sondern auch „alle und jede Bücher,
welche er gegenwärtig besitzt, sowie die Instrumente und Manuskripte, welche sich auf

9*

seine Kunst und seinen Beruf der Malerei beziehen." Den Francesco Melzi ernennt er auch zu seinem Testamentsvollstrecker. Seinen Weingarten vor den Thoren von Mailand teilt er unter seine Diener Salai und Battista de Vilanis, und letzterem vermacht er auch das Recht der Wassernutzung aus dem Kanal von San Cristoforo, welches ihm einst König Ludwig XII. geschenkt hatte. Endlich vermachte er auch „seinen in Florenz wohnenden leiblichen Brüdern" die Summe von 400 Scudi, die er einst (im Oktober 1513) bei dem Kämmerer von Santa Maria Nuova in Florenz deponiert hatte, nebst den inzwischen aufgelaufenen Zinsen. Bei dem Charakter und der Denkungsart Leonardos kann aus diesem Legat nur geschlossen werden, daß der Erbschaftsstreit, über dessen Ausgang wir nichts Sicheres wissen, am Ende zu seinen Gunsten entschieden worden war, und daß er nun, nach Befriedigung seines Ehrgeizes und dem Siege seines Rechtsbewußtseins, wieder seinen angeborenen Edelmut walten ließ.

Wenige Tage nach Abfassung dieses Testamentes, am 2. Mai 1519, starb Leonardo, nicht, wie Vasari erzählt, in den Armen des Königs Franz, der an diesem Tage in Saint-Germain en Laye weilte, sondern im Beisein seines treuen Melzi. Dieser meldete auch den Tod seines väterlichen Freundes dem Könige und den Brüdern Leonardos in Florenz. Der Brief an die letzteren, der uns erhalten ist, ist ein rührendes Zeugnis dankbarer Liebe und Treue und zugleich ein Zeugnis dafür, daß Francesco Melzi ein volles Verständnis für den Verlust besaß, den der Tod dieses einzigen Mannes für die Welt bedeutete. „Es ist mir unmöglich," schreibt er den Brüdern nach Florenz, „den Schmerz auszusprechen, den mir dieser Tod zugefügt hat, und solange meine Glieder zusammenhalten, werde ich eine nie endende Trostlosigkeit behalten, und zwar mit vollem Rechte, weil er mir täglich eine so herzliche und glühende Liebe bezeigte. Jedermann empfindet mit Schmerz den Tod eines solchen Mannes, welchen zu schaffen nicht mehr in der Macht der Natur liegt. Nun möge ihm der allmächtige Gott die ewige Ruhe geben. Er schied aus diesem Leben am 2. Mai mit allen Verordnungen der heiligen Mutter Kirche und wohlvorbereitet." —

Im Jahre 1863 ließ die französische Regierung nach den Gebeinen Leonardos Nachgrabungen veranstalten, die jedoch völlig ergebnislos verlaufen sind. Seit der zweiten Hälfte des XVI. Jahrhunderts war Amboise häufig der Schauplatz von Kämpfen gewesen, die Verwüstungen zur Folge hatten, von denen auch die Kirchen nicht verschont blieben. Schon vor 1769 befand sich in der Kirche, in der Leonardo bestattet worden war, kein bemerkenswerter Grabstein mehr, und im Jahre 1808 wurde die Kirche abgerissen. Die letzten Grabsteine wurden verkauft, und die bleiernen Behälter, in denen die Gebeine der Bestatteten lagen, wurden eingeschmolzen. Noch vor dem Abbruch der Kirche waren übrigens schon Nachforschungen nach den Resten Leonardos, der nach einer Überlieferung im Chor beigesetzt worden war, angestellt worden; aber auch diese waren ohne Ergebnisse geblieben. Auch in dem Schlosse Clouz, das jetzt Clos-Lucé heißt, hat sich keine Erinnerung an Leonardos Anwesenheit erhalten.

Die Manuskripte Leonardos brachte Melzi nach Mailand zurück, und er scheint sie auch — es sollen 15 Bände gewesen sein — bis zu seinem Tode (1568) sorgsam gehütet zu haben. Später wurden sie jedoch zerstreut, da seine Familie ihren Wert nicht zu schätzen wußte. Zehn dieser Bände kamen allmählich in den Besitz des Bildhauers und Erzgießers Pompeo Leoni († 1610), der die Bände jedoch nicht unberührt ließ, sondern sie durch Einfügung von Zeichnungen Leonardos, die er anderswo erworben hatte, von Kopien und vielleicht auch von absichtlichen Fälschungen zu erweitern suchte. Aus diesen Bänden ist einerseits die sogenannte Codex Atlanticus hervorgegangen, der nach mannigfachen Schicksalen 1637 in die Ambrosianische Bibliothek zu Mailand gekommen ist, andererseits ein zweiter umfangreicher Codex, der nach dem Tode Leonis für König Karl I. von England angekauft wurde, wo er sich gegenwärtig in der Bibliothek des Schlosses zu Windsor befindet. Im Jahre 1796 wurde der Codex Atlanticus mit zwölf kleinen Manuskripten von den Franzosen nach Paris entführt. Er wurde zwar 1815 der Ambrosianischen Bibliothek wieder zurückerstattet. Aber die kleineren Manuskripte blieben in Paris, wo sie in der Bibliothek des französischen Institutes aufbewahrt wer-

Abb. 126. Christus mit dem Kreuze.
Nach einem Gemälde aus der Schule Leonardos in der Galerie des Fürsten Liechtenstein in Wien.
(Nach einer Originalphotographie von Franz Hanfstängl in München.)

ben. Eine vierte Sammlung Leonardoscher Handschriften befindet sich im Besitz des Fürsten Trivulzio in Mailand. Die kleine Abhandlung über den Flug der Vögel hat der frühere Besitzer, der Russe Sabaschnikoff, dem Könige von Italien geschenkt.

\* \* \*

Auch nach dem Weggange Leonardos von Mailand hat sich dort und in der ganzen Lombardei seine Schule lebendig erhalten. Diejenigen seiner Schüler, die seinem Herzen am nächsten standen und seinen täglichen Umgang genossen, Francesco Melzi und Salai, waren freilich die unfruchtbarsten. Salai, der in Mailand geblieben war, scheint zuletzt die Kunst ganz aufgegeben zu haben, da Leonardo ihn in seinem Testament seinen Diener nennt. Da er sich auf Leonardos Weingarten, von dem ihm die Hälfte zufiel, ein Haus erbaut hatte, hat er sich vielleicht später nur noch mit der Landwirtschaft beschäftigt. Viel bedeutender als diese beiden waren die schon erwähnten Boltraffio, Marco d'Oggiono, Cesare da Sesto, Giampetrino (Giovanni Pedrini) und Giovanni Antonio Bazzi, genannt Sodoma, die man zu den Schülern Leonardos im engeren Sinne rechnet, d. h. zu denen, die von dem Meister selbst in seine Technik und in seine Naturanschauung eingeweiht wurden. Zu den Schülern im weiteren Sinne, d. h. zu den Malern, die nur in ästhetischem Sinne von ihm beeinflußt worden sind und nur die Grundzüge seines persönlichen Stils angenommen haben, gehören Bernardino de'Conti, Andrea Solario, Gaudenzio Ferrari und vor allen Bernardino Luini, der durch seine zahlreichen Wand- und Tafelmalereien die Art Leonardos durch ganz Oberitalien bis zum Südfuße der Alpen, bis nach Lugano verbreitet und durch seine Schüler wieder der dritten Generation überliefert hat. Von Mailand südwärts erstreckte sich sein Einfluß bis zu jenem frühreifen Genius, den wir zumeist nach dem Namen seines Geburtsortes Correggio nennen. Was bei der Nachwelt den Ruhm Antonio Allegris am meisten verbreitet hat, die anmutig-weiche Modellierung der Figuren unter dem Zauber des Helldunkels, ist eine Eingebung, die dem jungen Antonio aus dem Studium der Werke Leonardos gekommen ist. Er allein hat einen der Grundsätze Leonardoscher Kunst selbständig weitergebildet und bis zu der letzten Steigerung geführt, deren ein Italiener unter seinem lichten Himmel überhaupt fähig war. Von Correggio sind dann die Keime ausgegangen, denen der größte nordische Helldunkelmaler, Rembrandt, entsprossen ist, der wieder seinen trüben Himmel in dem Kampf zwischen Hell und Dunkel siegen ließ.

Niederländer sind schon zu Anfang des XVI. Jahrhunderts in großer Zahl über die Alpen nach Italien gekommen, wo sie die erste Station in Mailand machten und natürlich zuerst nach wirklichen oder vermeintlichen Werken Leonardos fahndeten, um sie zu kopieren und als Muster für ihre zukünftige Thätigkeit in die Heimat zu nehmen. Aber Leonardo war nur ein Meister neben andern, und als diese Italienfahrer nach Rom kamen, wurden wieder Raffael und Michelangelo ihre Leitsterne. Aus diesen gemischten Eindrücken entwickelte sich sehr schnell eine Richtung, die die niederländische Malerei fast ein Jahrhundert lang beherrschte. Ihre Erzeugnisse waren den Zeitgenossen eine Offenbarung des echten italienischen Stils. Dem geschärften Blick unserer Zeit sind diese hohlen Nachahmungen ein Greuel, weil wir darin einen Abfall der Niederländer von ihrer im XV. Jahrhundert errungenen, künstlerischen Eigenart sehen. Dieselbe Verflachung, dieselbe Ausartung in einen widerwärtigen Manierismus griff aber auch in Italien selbst während der zweiten Hälfte des XVI. Jahrhunderts mit erschreckender Schnelligkeit um sich. Auch die Nachahmer Leonardos wurden immer oberflächlicher, je mehr sie sich von ihrem erhabenen Vorbilde entfernten. Letzte Nachklänge Leonardoscher Kunst empfinden wir noch in der Halbfigur eines das Kreuz tragenden Christus in der Galerie des Fürsten Liechtenstein in Wien (Abb. 126) und in dem Brustbild einer heiligen Katharina im Windsorschloß (Abb. 127). Die Gewandfalten der ersteren hat freilich nur ein Handlanger der Natur geordnet, aber der edle Schnitt des Antlitzes, die vornehme Haltung des Dulders, die sorgsame Bildung der Hände deuten doch darauf hin, daß irgend ein Muster aus der Werkstatt Leonardos die Anregung zu diesem Andachtsbilde für die Kapelle eines vornehmen Hauses geboten hat, in der man auch bei der Darstellung des Schmerzensmannes keine tiefen Erschütterungen wünschte.

*　　*　　*

Die gründliche Durchforschung der Manuskripte Leonardos, die erst in den letzten Jahren ernstlich unternommen wurde, aber noch nicht zum Abschluß gediehen ist, wird das Gesamtbild dieses Mannes, dessen gleichen die Natur wirklich nicht wiedergeschaffen hat, sicherlich noch nach vielen Richtungen vervollständigen. Wir werden noch vieles über seine wissenschaftlichen Forschungen, über seine philosophischen und vielleicht auch über seine religiösen Anschauungen erfahren. Es ist sicher, daß Leonardo persönlich auch über die Satzungen der Kirche seiner Zeit hinausgewachsen war. Das ergibt sich aus mehreren Stellen seiner

Schriften. Aber als vorsichtiger Mann, der es mit keiner der herrschenden Mächte verderben wollte, hat er seine Meinung für sich behalten oder nur seinen sichersten Freunden anvertraut. Diese sind darum auch Zeugen für seine Meinung. Einer

Richter befunden worden, die bloß nach den Buchstaben des kanonischen Rechtes urteilten. In Wirklichkeit hatte ihn seine forschende Thätigkeit erst zu der höchsten Bewunderung und Verehrung der schöpferischen, der göttlichen Kraft geführt. Man kann

Abb. 187. Die heilige Katharina.
Aus der Schule Leonardos. Nach dem Gemälde im Schlosse zu Windsor.
(Nach einer Originalphotographie von Franz Hanfstängl in München.)

von ihnen, Jacopo Andrea von Ferrara, wurde im Jahre 1506 wegen Ketzerei im Kastell von Mailand enthauptet und gevierteilt. Wenn Leonardos Meinungen nicht in seinen für jeden Fremden unleserlichen Handschriften verborgen geblieben wären, hätte ihn vielleicht ein gleiches Schicksal treffen können. Als todeswürdiger Ketzer wäre er aber nur vor dem Tribunal solcher

ihn insofern auch einen Vorläufer der pantheistischen Weltanschauung nennen, als er selbst in dem geringsten Erzeugnisse der Natur das persönliche Walten Gottes erkannte. Eine Art vom philosophischem Glaubensbekenntnis hat er auf einem Blatte mit anatomischen Zeichnungen in der Windsorbibliothek niedergelegt, das, wie alle seine Lehrschriften, für die Nachwelt bestimmt war: „Und du, o Mensch, der du durch diese meine Arbeit die wunderbaren Werke der Natur erkennen lernst, wenn du glaubst, es würde ein Verbrechen sein, den menschlichen Körper zu zerlegen, so überlege, um wieviel verbrecherischer es ist, einem Menschen das Leben zu nehmen; und wenn diese seine äußere Form dir wunderbar gebaut scheint, so bedenke, daß sie wie nichts ist im Vergleich mit der Seele, die in diesem Bau wohnt; denn diese, was sie auch immer sein mag, ist Gottes Sache. Laß sie darum in seinem Werk wohnen nach seinem Willen und Wohlgefallen und laß nicht zu, daß dein Zorn oder deine Bosheit ein Leben zerstöre; denn wahrhaftig, wer das Leben nicht wertschätzt, verdient nicht, es zu besitzen." Es sind goldene Worte echter Humanität, die zu uns wie eine frohe Botschaft hinüberklingen. Nach einer Arbeit von fast vier Jahrhunderten ist die Philosophie noch nicht viel weiter gekommen.

Man hat Leonardo den Vorwurf gemacht, daß er sich in den letzten Jahren seines Lebens im Widerspruch zu seinen philosophischen Überzeugungen wieder dem Zwange der Kirche unterworfen hat, indem er in seinem Testamente auf die sorgfältigste Beobachtung ihrer Vorschriften drang. Vielleicht ist aber Leonardo schon damals zu dem hoffnungslosen Endergebnisse der modernen Naturforscher, zu dem harten: Ignorabimus! (Wir werden niemals etwas wissen!) hindurchgedrungen. Vielleicht ist ihm schon die Erkenntnis aufgegangen, daß aller Philosophie Ende ist, „zu wissen, daß wir glauben müssen".

Wie reich aber auch die fernere Ausbeute aus Leonardos Schriften noch werden mag — auf neue Entdeckungen, die uns das Bild des Künstlers, insbesondere des Malers, deutlicher gestalten könnten, werden wir wohl auf immer verzichten müssen. Auch von dem Maler gilt, was Jacob Burckhardt von dem ganzen, gewaltigen Manne gesagt hat: „Die ungeheuren Umrisse von Leonardos Wesen wird man ewig nur von ferne ahnen können."

## Litteratur.

Da die ältere Litteratur über Leonardo bis zur Mitte der siebziger Jahre unseres Jahrhunderts durch die neueren Forschungen überholt worden ist, citieren wir nur die letzteren, die als Grundlage für das obige Lebensbild gedient haben. Die erste kritisch gesichtete Charakteristik des Meisters, die auch heute noch von Wert ist, hat Carl Brun in Dohmes „Kunst und Künstlern des Mittelalters und der Renzeit" Bd. III. Nr. 61 (Leipzig 1879) gegeben. Das dokumentarische Material ist am übersichtlichsten zusammengestellt und bearbeitet worden von Gustavo Uzielli in den Ricerche intorno a Leonardo da Vinci (2 Bde. Florenz und Rom, 1872 und 1884; zweite erweiterte Auflage des ersten Bandes Turin 1896). In der zweiten Auflage des ersten Bandes sind auch die bisherigen Ausgaben der Manuskripte Leonardos verzeichnet. Hinzugekommen ist auch eine Veröffentlichung der anatomischen Zeichnungen mit zugehörigem Text in Windsor Castle durch Giovanni Piumati auf Kosten des Russen Sabachnikoff. — Eine sehr breit angelegte Biographie von Paul Müller-Walde: Leonardo da Vinci. Lebensskizze und Forschungen über sein Verhältnis zur florentinischen Kunst und zu Rafael (München 1889—1890) ist unvollendet geblieben. Wertvoller sind desselben Forschers „Beiträge zur Kenntnis des Leonardo da Vinci" im Jahrbuch der königlich preußischen Kunstsammlungen Bd. XVIII (Berlin 1897). — Die Grundlagen zu einer kritischen Behandlung der Leonardo zugeschriebenen Gemälde und Zeichnungen und der Werke seiner Schüler hat der Senator Giovanni Morelli (Ivan Lermolieff) in den „Kunstkritischen Studien über italienische Malerei" (3 Bde., Leipzig 1890—1893) geliefert. Von Wichtigkeit sind auch die Abhandlungen von G. Bode, J. Strzygowski, G. Dehio u. a. im Jahrbuch der königlich preußischen Kunstsammlungen (seit 1882). Auch die Aufsätze von Gruyer und Miriate in der Gazette des Beaux-Arts 2. Pér. Bd. XXXV—XXXVII haben brauchbares Material geboten. — Reich an feinen und geistvollen Bemerkungen sind die drei Studien über Leonardo von M. Thausing in den „Wiener Kunstbriefen" (Leipzig 1884). — Die von G. Frizzoni in der „Zeitschrift für bildende Kunst" N. F. V. S. 78—79 vorgebrachten Gründe gegen die Echtheit der „belle Feronière" haben den Verfasser nicht zu vollkommen überzeugt, daß er sich ihnen anzuschließen vermag. — Zu S. 118 ist noch hinzuzufügen, daß auch B. Koopmann im Repertorium für Kunstwissenschaft XIV. S. 353—360 in ausführlicher, geistvoller Begründung für die Echtheit der Madonna in der Felsgrotte im Louvre eingetreten ist.

Die auf S. 49 erwähnte Hypothese von Müller-Walde hat sich inzwischen als hinfällig erwiesen. In einem Artikel der Mailänder Perseveranza vom 24. Januar 1898 hat Professor Rovati nachgewiesen, daß die von Müller-Walde als Merkur gedeutete Gestalt den Schatzhüter Argus darstellt, wie aus einer darunter befindlichen Inschrift hervorgeht. Damit fallen auch die von Müller-Walde für die Urheberschaft Leonardos aus seinen Aufzeichnungen beigebrachten Gründe.

www.ingramcontent.com/pod-product-compliance
Lightning Source LLC
Chambersburg PA
CBHW031123020726
47495CB00007B/2322